LA CATASTROFE

DEGLI CZARS

PAOLO VALERA

© 2023 Culturea Editions

Texte et illustration de couverture : © domaine public
Edition : Culturea (Hérault, 34)
Contact : infos@culturea.fr
Retrouvez notre catalogue sur http://culturea.fr
Imprimé en Allemagne par Books on Demand
Design typographique : Derek Murphy
Layout : Reedsy (https://reedsy.com/)

Dépôt légal : janvier 2023
Tous droits réservés pour tous pays

ISBN : 9791041841585

L'ancien régime doit mourir.

TROTSKI.

3

Tra la grande rivoluzione francese e la grande rivoluzione russa non c'è analogia che nel finale catastrofico dell'antico regime. Le due monarchie sono cadute come due immensi bubboni purulenti che si slabbrarono e inondarono i due paesi di un fetore nauseabondo. Il tonfo dei rovesci dinastici è stato sentito in tutto il mondo. Le Corti nello sconquasso sono sembrate due ambienti di putrefazioni feudali. L'una non aveva nulla che non avesse l'altra. Gli stessi cervelli in decomposizione, la stessa corruzione, lo stesso assolutismo, la stessa terra dei supplizi. Due personaggi di trono che avevano lavorato i sudditi con la tirannia massima dei loro mostruosi avi. Due insensibili e insensati che si liberavano dalle moltitudini, che volevano vivere con le cariche dei corazzieri e dei cosacchi, che aggredivano e uccidevano. Due amorali. Luigi XVI viveva circondato da un centinaio di bastardi, sessanta dei quali li aveva ereditati da Luigi XV. Con tutta questa produzione bordelliera vi trionfava il demimonde pieno di usurpatrici di nomi e di casati e di orizzontali di tutte le classi. Alte e basse Maintenon, alte e basse Pompadour, alte e basse Dubarry. Donne di selciato e di case tollerate. Così alla Corte di Nicola II, lui stesso un falso figlio di Alessandro III. Sciami di femmine e di lenoni. Sciami di granduchi e di grandi duchesse dell'alta scuola bagascera, gentiluomini e gentildonne invertiti, scandali viventi. L'amante dell'imperatore collocata in margine alla reggia, nel palazzo dietro gli alberi del giardino Alessandro, all'angolo di Kamenny-Ostro e di uno dei quais della Neva. La mantenuta Kchòtinskaia ai primi sentori della rivolta ha abbandonato il mantenitore imperiale e si è data alla fuga. Il palazzo è stato subito occupato da Lenine, dal cui balcone ha disperso le idee della rinnovazione sociale alle folle adunate di sotto. La regina austriaca e l'imperatrice tedesca odiavano ed erano odiate. Esse non amavano un popolo che non conoscevano e del quale non parlavano che malamente le lingue e i sudditi non potevano tollerare le donne galanti del trono che offrivano loro focacce nei giorni di carestia e istigavano i mariti a sciabolarli e a sbandarli per le strade. Due Corti e due identici edifici lugubri per i supplizi. La Bastiglia a Parigi e la fortezza di Pietro e Paolo a Pietrogrado. Due Corti e due ricettacoli di indovini, di ciarlatani, di mesmeristi che predicavano l'avvenire, di ciurmadori che andavano da Saint Germain a Giuseppe Balsamo o da Cagliostro a Rasputin — l'ultima potenza occulta che ha istupidita e malefiziato i sovrani con pronostici indiavolati dalle superstizioni, che ha dominata la nobiltà e la plutocrazia russa come guaritore della carne esasperata dai contatti carnali. Milioni di malcontenti in Francia. Milioni di malcontenti in Russia. Un contadiname asservito e spiantato e un esercito di lavoratori salariati da cane in entrambi i paesi.

Lo Czar

Lasciamo i confronti e occupiamoci dell'ultimo tiranno russo. Nicola non è un bastardo dei Romanov. Egli è del ceppo. Ma il padre non fu Alessandro III. Lo Czar che percorse lo stradone della reazione e delle rappresaglie ha avuto un altro padre. Il genitore di Nicola fu il granduca Alessandrovitc, fidanzato alla Dagmar di Danimarca. Alla morte del granduca Alessandro II salì al trono Alessandro III con la eredità fraterna, cioè con la Dagmar pregna di colui che divenne l'erede del trono dei Romanov. Per la rassomiglianza basta dare un'occhiata al supposto padre e al supposto figlio. Nessuna identità fisica. Se c'era nel principe qualche cosa che lo avvicinasse alla famiglia imperiale era nella mentalità materna. Deficienza in lei e deficienza in lui. La stessa stupidità. Grettezza, testardaggine, simulazione in tutti e due. Egli era infingardo e menzognero. Così la genitrice. Egli era insensibile come la madre. L'insensibilità di Nicola fu accentuatissima. Gli avvenimenti che facevano trasalire e inorridire i russi di tutti i ceti lasciavano indifferente il monarca. Basterebbe ricordare la catastrofe umana della sua incoronazione. Il terreno intorno a Mosca, preparato da tre squilibrati che si ubbriacavano e si abbandonavano a tutte le follie carnascialesche, era fatto a buche di lupo per frenare nella corsa i contadini invitati dallo Czar a bere la vodka (acquavite) e a prendere in regalo cose mangerecce avvolte nei fazzolettiricordo. All'ora del pasto le venticinquemila persone chiuse nello steccato vennero distecconate. Fu un fiume umano. Le buche di lupo divennero fosse di morti. Gli uni sugli altri. Fra tutti gli accorsi al banchetto czarista ottomila vennero raccolti cadaveri. Non parliamo dei feriti. Lo Czar rimase senza emozione. Più di un milione di abitanti di Mosca si teneva la testa dalla disperazione. E lo Czar? Nè tremore nè pallore. Non se ne occupò. Saltò via il fattaccio. Nessun rincrescimento. Alla sera, come se nulla fosse avvenuto, partecipò alla festa da ballo data in suo onore dall'inviato speciale della Repubblica francese. Fu il sovrano che iniziò la danza.

Durante i suoi ventitre anni di regno conservò la stessa freddezza per qualunque disastro nazionale e per qualunque tragedia che toccasse i suoi ministri o i suoi consiglieri o i suoi generali o ammiragli. Abbiamo sul tavolo un imperatore e dobbiamo documentare. È nota come la sua strafottenza obesa abbia provocata la guerra col Giappone. Il conte Jto era a

Pietroburgo, inviato speciale del Mikado per evitare il conflitto. Lo Czar non si fece mai vedere. Non volle vederlo. Si faceva credere a caccia o assente, o con qualche imperatore o oppresso dal lavoro, o indisposto. I russi trepidavano e speravano in una conciliazione e lo Czar aveva già fatto telegrafare che se la marina giapponese avesse passato il 38° di latitudine nord, l'ammiraglio russo doveva considerare il fatto come una dichiarazione di guerra. Nella stessa sera lo Czar frigido andò al pranzo di gala con il telegramma in tasca che l'avvenimento era un fatto compiuto. La giornata del 19 gennaio 1904 era nei nervi dei sudditi. Tutti nervosi, tutti eccitati. Tutti si aspettavano di minuto in minuto il grido degli strilloni con i supplementi straordinari. I commensali spiavano il monarca. Bevevano e mangiavano automaticamente. Lo Czar, mangione come Luigi XVI, ingoiava una vivanda dopo l'altra senza che traspirasse dalle sue parole e dai suoi gesti un'allusione alla guerra.

— Sire, gli domandò la moglie di un ambasciatore al suo fianco, avremo la guerra?

Cadde dalle nuvole. Non ne sapeva niente. L'interrogazione non lo ha nè scaldato nè raffreddato. Egli rimase tale e quale.

— La guerra? Le rispose, non la voglio. Non la concepisco. In altri tempi, ai tempi di Paolo I, egli sarebbe stato strangolato dai propri cortigiani a tavola. Tempi di carne floscia. Tempi di menzogne e di malvagità. All'indomani questo criminale del trono fece allestire una partita di caccia. Analgesetico come alla catastrofe di Kodinka, per la sua incoronazione!

*

Intorno a una guerra è sempre una ridda di milioni. Lo Czar e i suoi eminenti Kuropatkine curavano più la speculazione che la guerra. Tre navi russe vennero colate a fondo dai giapponesi. Qualcuno intorno all'imperatore divenne pallido. L'imperatore con il piglio del noceur, disse: «questa perdita è per me meno di una puntura di pulce». La costernazione di tutti era per lui uno svago. In PortoArthur, bloccato, i soldati russi cadevano come le mosche. Venivano mietuti dalle palle giapponesi, dalle febbri tifiche. La flotta nella baia veniva distrutta simultaneamente. Gli obici russi non raggiungevano la flotta del Mikado. Tutto periva. La corazzata più portentosa dello Czar venne fatta saltare da una mina con tutto l'equipaggio, compreso l'ammiraglio. Non aspettatevi lagrime dall'imperatore Nicola. Egli aveva tutte le notizie del disfacimento russo. Vedendo Radjensky che andava da lui ad aggravargli la sventura, lo prese per la mano e lo trascinò fino al finestrone con fare tranquillo. Guardate, disse, che bel tempo!

In Nicola II viveva l'anima feroce di Nicola I — lo Czar che durante il suo regno, dal 1825 al 1854, aveva mandato in Siberia due milioni di sospetti. Coloro che piangono la morte di uno Czar carnefice come Nicola II sono suppliziatori di moltitudini. Una lagrima versata per lui è un delitto. Egli era duro e spietato come i suoi «nobili» cosacchi — gli autori di tutte le stragi di piazza, di tutti gli sterminî di studenti, di tutte le carneficine di ebrei, di tutti gli abbattimenti umani.

Francesco Giuseppe era un sant'uomo in suo confronto. L'austriaco non aveva saputo spargere tanto sangue come il monarca russo. Egli che aveva piantate croci in tutta l'Ungheria per finirla con la repubblica di Kossuth, è stato superato nell'efferatezza dal mostro moscovita. Quale canaglia feroce negli splendori imperiali!

Nicola ha meritato più che la morte. Egli è andato sul trono seguito dalle speranze di circa 140.000.000 di persone. Tutti speravano in un'êra di respirazione. In una libertà giornalistica europea. In una giustizia meno cosacca. In una emancipazione paesana. In una autonomia politica più consentanea ai tempi. Disilludetevi. Egli non ha portato sul trono che la tradizione degli antenati della maledetta dinastia — antenati che tennero con tutti gli strumenti della barbarie le generazioni in ginocchio affamandole fisicamente e intellettualmente. Nicola I e Nicola II non si possono disgiungere. L'uno è il continuatore dell'altro. Il primo aveva una testa da boiardo. Chiuso a tutte le folate europee. La sua concezione statale era la muraglia cinese. Chi è dentro è dentro e chi è fuori è fuori. Internamente non fu che lui che sovraneggiasse. Guai al dissenso. Voleva una nazione disciplinata militarmente. Ai brontoloni, nerbate. Ai perturbatori, la Siberia. Due milioni di persone sospette di non andare d'accordo con le sue imposizioni vennero incatenate e inviate nella Siberia penale. Nessuna intellettualità nel suo regno. Tourguenief ha dovuto mettere fra lui e Nicola la Francia. La stampa gli è parsa inutile. In tutta la Santa Russia non ha lasciato circolare che sette giornali fatti di notizie senza interesse. Carnefice di teste e di parole. Gli agitatori venivano strangolati. Le parole che per lui erano sediziose venivano mandate al macero. Nelle pubblicazioni del suo regno non trovate una parola riottosa. La «libertà» non aveva quartiere. Qualunque sovrano non poteva essere discusso. Il nome «Re», eliminato. Guai all'introduzione della fraseologia giacobina. I libri esteri non avevano passaggio. Il monarca moscovita non tollerava aria occidentale in casa sua. I doganieri si impadronivano dei giornali di moda, dei quotidiani politici e di tutti i valori esotici. Pareva che Pietro il Grande che aveva edificato Pietroburgo con cervelli tedeschi e che si era compiaciuto di lasciare intedescare la sua persona dal sarto germanico, non avesse fatto dell'imperialismo sullo stesso trono. Con Nicola I il 49 non ha avuto risonanza. È come se non avesse soffiato in Europa. Lo storico non ne avrà sentore che leggendo i profughi. Più di tutti Bakunin, l'agitatore sommo — la rivoluzione in cammino, l'uomo che lasciava dappertutto fiamme internazionali. Guizot lo ha mandato alla frontiera dopo averlo dichiarato una «persona troppo violenta!».

Le generazioni di Nicola I vegetarono. Non produssero. Lavoravano per mangiare. Nei «nidi» dei signori si poltriva. Negli ultimi anni del suo regno non si trovavano che sbadigli, che stanchezza, che cervelli che non concepivano che il suicidio. L'ultimo disprezzo del sovrano fu per Goethe. Egli ha fatto agguantare dai suoi doganieri quel pazzo di Fausto che stava per entrare a indiavolare i sudditi. Basta di lui. È Nicola II che ci interessa. I suoi primi passi furono del vaccone. Lo si trova fra gli ufficiali della guardia e due futuri arcivescovi — Serafino e Ermogene — e il granduca Nicolaievic che si ubbriacavano come scrofe e si abbandonavano all'omosessualismo degli Oldemburg della Tavola rotonda, di puzzolentissima memoria. Il granduca che ne comandava il reggimento è rimasto celebre a ZarkoieSelo per le sue potenti sbornie. Più di una volta cadeva a terra come corpo morto. Beone di razza, si abbandonava a tutti i bagordi e a tutte le crapule. L'erede al trono invertito si gettava sul corpo degli invertiti come un indemoniato. L'inversione pare una malattia ducale. Passa di trono in trono. Il principe di Galles, figlio di Edoardo VII — è stato colui che ha spaventato il Regno Unito. Egli si era messo alla testa di una frotta di aristocratici che defloravano i fattorini telegrafici. Egli è morto tutto ulcerato e sconciato. Lo scandalo di Berlino è ancora nelle orecchie dei lettori italiani. Gli Oldemburg delibavano gli ulani più belli della Pomerania. In ogni combriccola è il traditore. I pederasti di ZarkoièSelo hanno avuto il loro. La rivelazione è nelle memorie di un certo M. G. dello stesso reggimento in cui lo czarevic faceva il suo noviziato militare.

Il padre Alessandro III, deve avere schiaffeggiato il figlio senza riuscire a sviarlo dalle scene di lupo messe in azione dal granduca e dal suo colonnello.

Quattro parole per la documentazione.

«Si passavano intiere giornate a bere, e la sera si era in preda ad allucinazioni fra le quali alcune così frequenti che i domestici avvezzi a quella strana condizione degli ufficiali, sapevano già cosa dovevano fare, caso per caso. Così, per esempio, il granduca comandante del reggimento, e gli ufficiali ussari a lui famigliari, dopo una giornata di gozzoviglia e di ubbriachezza, si immaginavano di essere diventati dei lupi. Allora tutti si spogliavano, e, nudi, correvano di notte nelle vie deserte di ZarkoieSelo. Là si accovacciavano a terra, e col capo rivolto al cielo cominciavano a emettere dei lugubri ululati. Non appena li udiva, il vecchio dispensiere portava sulla scalinata del palazzo una tinozza, la riempiva di champagne ed acquavite, e tutta la compagnia vi si avvicinava saltellando, lappava la bevanda e gridava e urlava e mordeva. Queste scene non passavano inosservate nella popolazione della piccola città, ma nessuno se ne indignava eccessivamente, poichè i costumi della società di ZarkoieSelo non erano di molto superiori a quelli degli ussari. Accadeva sovente che si dovesse strappare il granduca Nicola Nicolaievic dal tetto della casa, dove si appollaiava, completamente nudo, a cantare una serenata alla luna o alla diletta, una ricca mercantessa».

Da un uomo come Nicola nato il 6 maggio 1868, la gente russa non poteva aspettarsi che la decomposizione dell'impero. I sudditi non avevano nulla da aspettarsi che i castighi di un ubbriaco. Era un vigliacco. Con la famiglia della Kchotinskaia, dalla quale aveva avuto due figli e della quale si diceva innamorato pazzo, ha sposato la straniera più nefasta e più iettatrice e più odiata dai russi come una sfida al Paese che aspettava da lui un'atmosfera di pace feconda. Il procuratore del Santo Sinodo, l'esecrato e virulento Pobyedonostzef (il papa nero), che aveva perseguitato il regno durante Alessandro III, accorciando le poche libertà coi suoi veleni religiosi, è stato il suo dittatore. Gli ha divorato il cervello. Lo Czar non ha avuto più volontà che non fosse del procuratore infame. Pauroso e superstizioso più del falso padre Alessandro III — l'imperatore che non ha voluto mettere piede nel palazzo d'Inverno dopo il massacro nichilista di Alessandro II — si circondò di polizie — l'una in agguato dell'altra. Dappertutto Nicola vedeva l'ombra del regicida. Ricordo i trambusti del 1905 considerati una data rivoluzionaria.

Egli ha consumato la massima delle sue vigliaccherie. Il Gapone — che non era ancora in pubblico come agente o spia imperiale — aveva organizzato con gli altri leaders una processione proletaria per ottenere i miglioramenti delle classi lavoratrici. Fra le icone in processione erano quelle dell'imperatore e della abbominata imperatrice. I processionisti erano avviati al Palazzo d'Inverno. Giunti, il Gapone si gettò in ginocchio con la faccia atterrata del pregante. I cavalli dei cosacchi con i caracollamenti e gli acculattamenti avevano provocata la tempesta. Tutti s'aspettavano che alla lettura dei vogliamo dei lavoratori lo Czar si sarebbe fatto vivo con una risposta commossa. La Commissione fu subito dispersa. Lo Czar faceva rispondere dalla cavalleria a sciabolate e a revolverate: una strage. Un si salvi chi può. Gli operai venivano inseguiti da tutti i lati. Morti dovunque. Dovunque uomini, donne, ragazzi, icone rimasti sull'itinerario delle fughe a precipizio a documentare la nequizia czaresca.

Se vogliamo tenere dietro alla codardia di Nicola dobbiamo correre fino alla vigilia del disastro imperiale. Allora noi ci troveremo nel «nido» dei pusillanimi effeminati del trono. Io non mi valgo che di una seduta segreta avvenuta a Peterhof. Lo spavento era già nell'ambiente imperiale. Il granduca Alexis, zio dello Czar, aveva sentito per il primo la campana che il regno era agonizzante. I suoi dieci milioni di rubli erano già in cassa della Banca d'Inghilterra. Il granduca Sergio non aveva più membra tranquille. Egli era in ascoltazione. I minuti per lui erano sofferenze. I cavalli delle sue scuderie erano attaccati ai veicoli che dovevano portarlo in salvo e lui stesso non si coricava più che vestito. Lo Czar che aveva letto il 93 francese si era fatto fare degli usci nel suo gabinetto di lavoro e in certe parti dei suoi appartamenti per una fuga immediata, attraverso labirinti che mettevano alla caserma della pubblica sicurezza, dalla quale, in caso di pericolo, poteva precipitarsi a bordo del yacht imperiale Standard. Il panico e la temerità bolscevica erano in tutta la famiglia dei Romanov. Si sentiva vicina al supplizio.

La notte del 10 maggio 1916 fu tragica. A insaputa di tutti lo Czar aveva radunato i membri intorno al trono a Peterhof. Nessuno di loro aveva più fiducia nè nella polizia nè nella Duma. A presidente della seduta scelsero il decano dei granduchi, Mikaél Nicolaievitc, e a funzionare da segretario il granduca Costantino. Malgrado la stagione i presenti avevano freddo. Sentivano il momento. Lo Czar non si fece aspettare. Si alzò e descrisse la sua condizione di imperatore davanti alla Duma. Il suo presidente Mouromtzef aveva parlato chiaro in risposta al discorso del trono. L'organizzazione parlamentare voleva essere autonoma coi ministri responsabili: Voleva privilegi che nessun Czar avrebbe mai concessi. Il granduca Garemtjkine consigliava lo scioglimento della Duma. Stolypine diceva che avrebbe irritato il paese e suggeriva una dilazione. Che cosa si doveva fare? domandava una seconda volta l'imperatore. Che si deve fare? Il granduca Vladimiro, comandante della guardia imperiale, propose la corruzione. Egli diceva che gli uomini sono fragili. Che pochi resistono all'offa che eleva ed arricchisce. Promettiamo ai leaders dei cadetti titoli, onori e denari e la Duma sarà nostra. Il principe D'Oldemburg tendeva alla benevolenza. Voleva tentare di riacquistare la tranquillità con una conferenza che includesse i ministri e i membri moderati della Duma, fra i quali desiderava Stakhovic, il conte Heiden, il professore Chernechcvie e il principe Dolgoraukof. Nessuno aveva un piano possibile. Anche l'imperatore non sapeva che ripetersi. Che cosa fare? In quel momento giunse il fratello dello Czar, il granduca Michele Alessandrovic. Fra tutti si rivelò il più moderno. Il mondo era cambiato e lui propendeva per fare delle concessioni ai rappresentanti delle classi alla Camera.

O cedere o perire.

La faccia dello Czar divenne biancastra. Si alzò di nuovo e con la voce che sentiva della sua collera disse: Cedere! A chi? e in nome di che?

Il fratello rispose:

— Alla Duma e al suo presidente Mouromtzef in nome della dinastia.

— Mai, scrisse il segretario Costantino, ho veduto lo Czar così eccitato. Egli accusò il fratello di debolezza e con un pugno al tavolo finì per giurare ch'egli avrebbe preferito la morte che rinunciare al diritto di scegliere i ministri della corona.

— Tu mi dài pessimi consigli, gridò al fratello. Tu vuoi indebolire la mia autorità — tu lo fai apposta.

E gli volse il dorso. La seduta fu sciolta. Fra i due fratelli nacque un'inimicizia senza tregua. Lo Czar aveva sospettato dietro il granduca un complotto per truffargli il trono. Michele Alessandrovic ebbe delle crisi che lo tennero in letto alcuni giorni. Egli protestava. Diceva che non si sarebbe mai incoronato. La malattia costante di Alexis, czarevic, sempre ammalato poteva lasciare credere alle supposizioni. Ma egli era pronto a sottoscrivere la rinuncia. Non voleva troni. Gli bastavano le tribolazioni del fratello.

Pregava i granduchi di andare a convincere l'imperatore. Per non lasciare più dubbi lasciò il letto e andò a sposare una divorziata che fu di un luogotenente di cavalleria. Il matrimonio con una borghese lo squalificava, lo metteva al bando degli aspiranti. Allora Michele ridivenne il suo «caro Michelino», ma non cessò di farlo filare.

Io sfondo delle porte aperte. Il porcone è di tutti. Tutti ne hanno parlato, tutti si sono impadroniti della sua turpe esistenza, dal giorno della sua nascita al giorno della sua morte. Rasputin è stato biografato da una specie di diarista che ne registrava i pensieri, le voluttà peccaminose, le confessioni, le parole memorabili. Durante l'impero, l'exreligioso Eliodoro aveva condensato alla chetichella gli episodi più chiassosi della vita di Grigori Rasputin — l'ultimo «santo» dell'ultimo Romanov. Nel libro di questo fattista religioso c'era una fortuna. Avrebbe avute tirature zoliane. Se ne cercava il manoscritto con somme favolose. La czarina lo faceva rincorrere da tutti i suoi limiers senza badare a spese. Gli editori imperiali offrivano 200, 300 mila rubli. Un ministro russo è andato al mezzo milione. Non si badava a somme. Ma l'autore non era preparato a cedere il suo collo al boia. Andò via, prese il largo, uscì dalla Russia e non permise neanche all'estero di dare una capatina ai suoi manoscritti. Un editore americano è andato oltre l'offerta del ministro Rasputin, che gli aveva scritto molte lettere documentali, gli aveva messo alle calcagna spioni, capaci di impadronirsi di lui anche sul suolo straniero. Non è che dopo la morte del pornografo imperiale che i suoi giustizieri hanno potuto indurre Eliodoro a cederlo o a pubblicarlo in Pietrogrado. Andò a ruba. Uscì simultaneamente in quattro lingue. Per la reggia fu uno scandalo senza precedenti. Il diarista non aveva avuto nè pietà nè veli. Latude, dalla Bastiglia, aveva fatto credere di essere pieno di «rivelazioni» sui personaggi della reggia, specialmente sulla Pompadour. Gli è costata la ripresa della Bastiglia. Il biografo di Rasputin non era un parolaio. Aveva caricato un 420 di fatti che dovevano far saltare la famiglia reale. Fu così. Il libro non appena in vendita fu di tutti. Tutti lo leggevano, tutti ne parlavano, tutti si domandavano se potevano essere fandonie della speculazione. Vi si facevano nomi, vi si narravano scene oscene, vi si trovavano le donne della più alta nobiltà e della più alta borghesia svestite, messe in letto col santocchione che troneggiava al palazzo di ZarkoieSelo. Era tutto un troiaio. Era una mina che andava a urtare la nave imperiale per affondarla. Di più. Era un potente contributo alla storia della casa dinastica che doveva finire come è finita alla sepoltura.

Grigori Rasputin al palazzo imperiale era sommo. Al dorso dello Czar egli dirigeva la Duma, frantumava gli avversari della casa imperiale, bandiva dalla Corte i gentiluomini, i cortigiani che non gli piacevano, sostituiva i ministri, metteva alla porta dell'impero chiunque nuocesse al suo arrivismo, alla sua ascensione. L'imperatrice era dominata dal «santo». Si appendeva alle sue labbra, non trovava requie che quando posava la testa sulle spalle del ciarlatano e godeva mezzo mondo a farsi portare a letto sulle sue poderose braccia. Sovente se lo trascinava nel letto nuziale e ve lo teneva fino all'aurora, fino alla stanchezza, fino all'esaurimento. La Duma strepitava. Moderati, cadetti, ottobristi, travaglisti hanno denunciato il carnaio imperiale. L'opinione pubblica era turbolenta. Soffiava nel palazzo della coppia criminale come una burrasca di collera. Lo Czar fustigato dalla tempesta era uscito dalla sua indifferenza e aveva pregato l'illustre faccendiere di ritornare alla sua Siberia fino a tempi migliori. L'imperatrice piangeva dirottamente. Si strappava i capelli come una rivendugliola dei mercati. Non voleva staccarsene. Lo Czar dovette essere sordo. Lo caricò di regali e lo fece partire. Rasputin conosceva il suo prestigio. Egli sapeva che in palazzo non si sarebbe potuto vivere senza la di lui presenza. Egli si sentiva indispensabile. Andava e diceva a se stesso che non sarebbe arrivato a Mosca senza il telegramma che lo avrebbe richiamato. Fu così. Due giorni dopo era al suo posto. Egli vi era ritornato più fiero, più sovrano del sovrano, più dittatore di prima. Lo Czar non lasciava trapelare a nessuno, i suoi sentimenti. Ascoltava coloro che glielo rimproveravano in silenzio. Un giorno gli è arrivato un amico del padre dell'imperatore, luogotenente generale del Caucaso, tutto impressionato della cronaca scandalosa che imperversava nel territorio della sua influenza. Adesso, gli disse, bisogna che io te ne parli. Sai tu che coi tuoi Rasputin la tua casa andrà in malora? Tu giuochi il trono di tuo figlio! Il vecchio servitore fu eloquente. Credeva di avere turbato il monarca affondato nel divano con il mento in una mano. Pensieroso, scoppiò in singhiozzi. «Perchè Dio, disse, mi ha affidato un còmpito così grave?» Il luogotenente se ne andò commosso della commozione dello Czar di tutte le Russie.

All'indomani, invitato a colazione, rivide lo Czar in una parte del parco che giuocava col figlio e con Rasputin! Il paesano sadico, vestito da santone, vinceva tutti. Egli era onnipotente.

Un altro giorno lo scoperse nel gabinetto di lavoro dove lo Czar, facendo delle firme che costavano alla nazione 450 lire al minuto. Rasputin discuteva con l'imperatore!

La sua dimestichezza con l'ultimo Romanov era tale che anche in viaggio si telegrafavano a vicenda come colleghi. Erano scambi di frasi sguaiate e confidenziali, avvertimenti o congratulazioni. Malgrado il libertinaggio del monaco, le sue galanterie troiesche e le sue seduzioni, lo Czar rimaneva il suo intimo amico. Non parliamo poi della moglie. L'imperatrice Alessandra Feodorowna era la sua ganza. Rasputin la chiamava la sua «mamà». Eliodoro, il descrittore, diceva che l'Imperatrice era folle di lui. Si era perfino posta negli appartamenti la concubina di Rasputin per averlo più sovente con lei. La concubina era una malmaritata, certa Vyrubov; figlia maggiore di un «dignitario» di Corte, divenuta la più intima della Czarina e ammazzata con lei in Pietro e Paolo, la Bastiglia di Pietrogrado.

Udite le confessioni del concupiscente monaco. «Quando vado dagli Czar passo tutta la giornata nella camera dell'imperatrice. L'abbraccio, essa mi stringe al petto, posa il capo sulla mia spalla e io me la porto in braccio per la stanza, come una bambina. Questo le piace e lo faccio molte volte. Vado anche di frequente nella camera dei ragazzi che mi adorano e coi quali gioco tutto il giorno. Quando vado dall'imperatore incontro qualche volta dei re stranieri. Una volta ne vidi uno nel gabinetto dello Czar ma non ho saputo chi fosse. Non l'hanno nominato. Ho salutato e sono andato dall'imperatrice.

«Il re del Montenegro mi ha visto in sogno. Era ammalato. Stava molto male. Ha visto in sogno un contadino che gli ha detto: sta di buon animo, fra tre giorni sarai guarito. E così è avvenuto. Lo ha scritto a sua figlia Militza. Questa ha preso il mio ritratto e glielo ha mandato. Il re del Montenegro ha risposto che il contadino era proprio Rasputin».

In un'altra parte del libro il monaco dissoluto che aveva conquistato e fatto strage delle donne di Corte e intorno la Corte, delibando, deflorando, stuprando, palpeggiando, gualcendo le carni delle giovani, delle maritate, delle divorziate e delle incontinenti, confessa la sua potenza politica.

— Non immaginarti — diceva a Eliodoro — che sia facile parlare allo Czar e a sua moglie. No, è difficile. Talvolta si hanno le labbra gonfie di sangue e crespate. Essi mi consultano su tutto, sulla guerra e sulla Duma, sui ministri. Lo Czar e la Czarina non possono fare senza di me, quantunque sia loro penoso di udire le rimostranze di un contadino (mujik). Mi ascoltano. La «mamma» mi considera un «santo». Più che un santo: un grand'uomo. Una volta lo Czar dice questo e io dico quest'altro. Il rossore sale alle sue guance, trema di collera, ma ubbidisce. Egli non può alitare senza di me. Egli mi dice sempre: Grigori, vieni spesso a trovarci. Quando tu sei qui, noi siamo contenti, gioiosi, consolati. Vieni, non domandarmi però nulla. Tu sai che io ti voglio bene e che io sarò sempre pronto a fare ciò che tu vorrai, ma mi è talvolta difficile aderire ai tuoi desiderî, perchè tu domandi una cosa e i ministri un'altra, ed essi non t'amano, specialmente Stolypine.

«Il tesoro della Corte è a mia disposizione. Solo, l'imperatrice è un po' avara. Se le si domandano mille rubli essa non dice niente; li dà, ma se le ne chiedono dieci mila, per esempio, discute. Ella vuol sapere dove andrà a finire il denaro. Se glielo si spiega ne dà anche venti mila. Una volta l'imperatore mi disse:

— Grigori, Stolypine mi spiace per la sua insolenza. Che devo fare?

— Tu non hai che da soggiogarlo con la tua semplicità.

— Come?

— Indossa una semplice blusa da paesano e ricevilo quando viene con un documento.

È ciò che fece. Stolypine entrò, vide lo Czar e disse:

— Come vostra maestà è vestita modestamente!

Lo Czar rispose:

— Dio stesso si compiace della semplicità.

Queste parole tapparono la bocca a Stolypine e lo resero più docile».

A noi, miscredenti o atei o antisuperstiziosi, queste rivelazioni sembrano invenzioni cerebrali di Rasputin. Non ai russi. Di bassi Rasputin ce ne sono in tutti i ceti. In suburra, nei bassi fondi, negli ambienti delle persone rispettabili e su su fino alla gerarchia massima del mondo sociale. Non c'è regnante russo che non abbia avuto il suo Rasputin. Quello di Nicola I si chiamava Ivan Korcicia. Quello di Alessandro III, morto a Livadia, in Crimea, era il famigerato prete Giovanni di Kronstad. Nelle due capitali sono venerate le sètte dei flagellanti come nei conventi italiani. Se ottenete di assistere alle rappresentazioni notturne nella chiesa del convento di Monforte vi strofinate gli occhi. Voi vedrete una ressa di uomini ignoranti e nudi che si cinghia, si scudiscia le carni per liberarsi dalle tentazioni. In borghesia trovate tutto. L'indovina che vi predice il futuro con un mazzo di carte. La donna che lascia cadere l'albume in una tazza di cristallo boemo e dai filamenti ne trae il vostro avvenire. Vi dice tutto. Se siete amata, se avrete fortuna, se erediterete per la gioventù o per la vecchiaia.

Rasputin era un novatore atavico. Portava nel suo sangue una caterva di preditori. Si era messo nella testa di avere una missione, di spegnere nella donna l'animalità sessuale. La sua teoria era pratica. Andava in letto e diceva alle signore che si sottomettevano all'azione, che per vuotarsi dei sensi maligni bisognava peccare. Vinceva le tentazioni delle signore altolocate con la fornicazione. Subìta la prova, divenivano invulnerabili come il guaritore. La donna si abbandonava e ubbidiva. La penitente era provocata con tutti i lenocinii della parola e del tatto. Egli la convertiva con i suggimenti, con gli allettamenti, con i titillamenti. Se resisteva a tutti questi piaceri carnali la donna era guarita. Si alzava rigenerata. Rasputin era sboccato. Molto sboccato. Si serviva del dizionario indecente dei libertini. Era un porcellone. Stuprava le orecchie delle vergini e delle sverginate. Provocava. Gli esempi rasputiniani sono infiniti. Una volta si è messo in letto fra due monache portate fuori da un convento claustrale. Le ha delibate e le ha restituite al convento come atte alla prova del fuoco. Più volte si immergeva nel bagno con più di una donna, le quali erano incaricate di provocarlo e constatare la sua passività. «La lotta contro la carne non era più per lui un godimento cristiano. — A me carezzare una donna diceva — non fa nulla. Per sottrarmi al peccato non faccio altro che guidare il desiderio dal ventre al cervello». Era il suo antidoto. La donna che lo palpeggiava si alzava libera da tutti i diavoli della tentazione. La sua profilassi aveva ottenuto un successone. Le donne se lo contendevano. Facevano ressa alla casa dove sedava le passioni. Gli do la parola: «Una volta sono partito da Pietroburgo con la moglie del generale Loktin, con Mary, Elena e qualche altra. Siamo andati al convento di Verkoturle. Il priore mi ha ceduto la sua cella ed è andato altrove a pregare. Le donne hanno voluto che mi spogliassi per toccare il mio corpo nudo e purificarsi. Che fare con delle stupide donne? Non c'è da discutere. Ti spoglierebbero loro stesse. Poi le ho condotte tutte al bagno. Quando fummo tutti spogliati ho detto loro che sono senza passioni. Esse si sono inchinate e hanno baciato il mio corpo». Che volete? le donne impazzivano intorno a lui. «L'altra notte la Mary e la Loktin si strapparono i capelli per il diritto di coricarsi a destra piuttosto che a sinistra del mio letto».

Della sua influenza non è dubbio. È in tutti i libri. Ha un posto più largo della coppia imperiale. È creduto il dominatore di questa lunga alba del secolo XX. Alla gente sennata faceva ribrezzo. Non pochi signori e signore stomacati di lui volevano farlo sparire con un delitto. Ma si sapeva che Rasputin era pedinato e protetto dalla polizia segreta. Si arrischiava l'impiccagione. Gli si mandavano centinaia di lettere al giorno piene di minacce e di insolenze. Si è complottato contro di lui. Una sola volta, alla vigilia della guerra, una brutta donna ch'egli mandava all'inferno col «Vattene!» gli ha piantato il coltello all'addome: ferita che lo ha tenuto fra la vita e la morte per qualche giorno. Poco dopo ha potuto telegrafare all'imperatrice «Una canaglia mi ha piantato il suo pugnale nel ventre. Ma grazie a Dio sono vivo. Grigori». Gli ha risposto lo Czar: «Siamo afflitti di ciò che vi accadde». Più tardi: «Siamo felici della riuscita operazione». Tuttavia l'odio cresceva per Rasputin. Egli faceva il ministro, prorogava o scioglieva la Duma. movimentava i generali, e si occupava più lui dell'impero che l'imperatore. Un ministro dell'interno andava dicendo che il posto dell'impostore sarebbe stato più con lo Czar celeste che con lo Czar terrestre. I granduchi e l'alta aristocrazia che avevano fiutato il vento nazionale, e che esecravano il ciurmadore che li teneva lontani dalla reggia, pensarono che per salvare il trono era indispensabile la morte di Grigori, uno zoticone che aveva stregato l'imperatore e l'imperatrice. Il principe Jussupov assunse il compito di distruggerlo. Diceva ai capi della Duma che tutti i mali legislativi venivano da Rasputin: l'infame consigliere dello Czar e della Czarina. «La sua influenza sull'imperatore e sull'imperatrice è straordinaria. Se si dicesse al sovrano che tutto il paese e tutto l'esercito lo hanno abbandonato, ma che Rasputin è con lui, egli guarderebbe tranquillamente l'avvenire. È Rasputin che nomina i ministri e dirige gli affari di Stato. Vi assicuro che l'imperatore consentirebbe a un Ministero responsabile, a una costituzione, se Rasputin fosse all'altro mondo. Con lui non c'è niente da fare. L'imperatore è completamente nelle sue mani. Ecco perchè siamo decisi a farlo sparire. Egli deve sparire. Sparirà.

— Come?

— Egli è vendibile: o comperarlo o ucciderlo.

— Chi lo ucciderà, principe?

— I cento neri.

Ci fu una discussione che ascese fino agli epiteti. I membri della Duma dicevano che ai neri non si poteva accordare l'impunità dell'omicidio e nessun bianco onesto avrebbe accettato il còmpito del sicario.

— Avete ragione, agirò io stesso.

Perchè non la si credesse una congiura di palazzo, volle che fosse presente alla tragedia un deputato e si scelse l'onorevole Puritkevic.

Sulla morte del taumaturgo ci sono parecchie versioni. Il principe nella sera del 17 dicembre 1916 aveva invitato a cena i congiurati: due dei quali sarebbero andati a prendere Rasputin alla sua abitazione. Al palazzo vi era ricevimento. Sedevano a tavola il granduca Dmitri Pavlovic, il principe Jussupov, la ballerina Coralli, il deputato Puritkevic e un ufficiale. Durante la cena scoppiò una contesa. Uno dei commensali fece fuoco su Rasputin. Il secondo colpo fu tirato dall'onorevole. Il sudicione cadde riverso.

Al palazzo di Tauride la versione era che Rasputin fosse stato assassinato in automobile. La terza versione è questa: che i congiurati tirassero a sorte a chi toccava ammazzarlo. Smontato dall'automobile i giustizieri lo avrebbero trascinato nel giardino e là, con due palle, lo avrebbero finito. Il cadavere sarebbe stato ricaricato e gettato nella piccola Neva. Egli era stato colpito alla testa e al petto.

Grigori Rasputin aveva cinquant'anni. Di statura superiore alla media. La sera della sua fine vestiva un camiciotto celeste ricamato sulla camicia bianca. Calcava alti stivaloni di capretto. Teneva al collo una costosa catena d'oro. Capelli castani. Baffi e barba frateschi. Dentatura d'avorio. Viso e camicia chiazzati di sangue.

Si crede fosse ubbriaco fradicio. Gli si sono trovati nello stomaco venti cucchiaiate di liquido bruno puzzante fortemente di alcool.

L'assassinio del sudicione siberiano è passato per il regno come una bufera che spazzasse via l'antico regime pieno di ulceri e di cancri imperiali. L'odore della carogna pescata nel fiume ammorbava tutte le città attraversate dal turbine. Nasceva una gioia segreta. La morte del ciarlatano aveva l'importanza della morte del «piccolo padre» che aveva tentato di schiantare il dorsale alla Russia nuova. Il vento furioso si arrestava per i cervelli come per sloggiarvi l'antica paura dei giorni del despota. L'anima si consolava. La rivoluzione ruggiva. Non era più che a pochi passi. Campane, suonate a stormo. L'imperatore del terrore è morente. In tutte le città fuochi di gioia.

21

Dalle esequie di Rasputin all'abdicazione dello Czar.

La Czarina non poteva sciorinare la propria vergogna con più impudenza. Il marito stava perdendo la corona trecentenaria della dinastia e lei con la faccia foderata della prostituta non pensava che al ganzo. Pareva pazza. La si è trovata lunga e distesa sul pavimento degli appartamenti imperiali che si dibatteva con se stessa con gridi di donna male sgozzata. Protopopof, il ministro dell'interno che si era rifugiato alla reggia come un fattucchiero dell'occultismo, faceva sollevare i tavolini, interrogava lo spirito di Rasputin perchè rivelasse all'imperatrice i nomi dei suoi assassini. Furono queste rivelazioni per cui alcuni presenti alla scena vennero esiliati dallo Czar, anche quando tutta la parentela delle vittime si prostrava e giurava sulla loro innocenza. «Sire, noi tutti, che sottoscriviamo questo foglio, vi chiediamo ardentemente con istanza di mitigare la Vostra severa decisione riguardo Dmitri Pavlovic. Sappiamo ch'egli è ammalato, profondamente depresso. Voi che siete il suo tutore sapete quale amore profondo per Voi e la nostra Patria abbia sempre nutrito il suo cuore». Sua maestà ha respinta la lettera di tutti i firmatari con questa nota scritta di suo pugno:

«Nessuno ha diritto di occuparsi degli assassini. So che la coscienza di molti non è tranquilla, poichè Dmitri Pavlovic non è il solo che sia implicato in questo affare. Sono sorpreso della supplica che mi rivolgete. Nicola».

Dopo una simile risposta i granduchi non si fecero più vivi a Corte. Il granduca Nicola Mikhailovitc, cugino dell'imperatore e padre di Dmitri che aveva avuto il giuramento dal figlio che le sue mani non erano state imbrattate del sangue di Rasputin si è trovato chiuso l'uscio in faccia della reggia. Il piccolo padre non aveva tempo di riceverlo. Fu solo quando erano per l'aria i rintocchi dell'impero che il 28 febbraio Alessandra Feodorovna lo fece chiamare d'urgenza a Corte.

— Andate subito al fronte — gli disse —. Cercate di condurre soldati che ci siano devoti. Bisogna salvare il trono a qualunque costo. Esso è in pericolo. — Il granduca, il più liberale della risma, non volle prestarsi. Egli sapeva che ormai era inutile. L'impero non aveva soldati devoti che per la rivoluzione. Più tardi la massima mondana della reggia lo fece richiamare. Il granduca non ne volle sapere. Il manifesto che concedeva la costituzione al popolo russo era stato redatto nella notte in casa sua. Era inteso che esso doveva essere firmato da lui, dallo Czar, dal granduca Michele e dal granduca Cirillo, marito di una donna che aveva avvertita la czarina che l'impero era nel braciere popolare. Fu lei, la grande duchessa Vittoria che mostrò alla vituperevole donna di ZarkoieSelo che anche i nobili erano nel movimento di liberazione. Alessandra Feodorowna se ne indignò.

— Io sono sul trono da 22 anni — disse — e conosco la Russia. So che il popolo ama la nostra famiglia. Chi oserà levarsi contro di noi?

Ritorniamo al manifesto. Sottoscritto venne inviato alla Duma. Malgrado questi trambusti che sarebbero bastati a turbare una popolazione, l'imperatrice non sapeva che andare alla ricerca del cadavere del suo adorato Rasputin, il quale aveva consigliato Nicola di sciogliere, come venne sciolta, la Duma.

Le esequie del maiale erano avvenute il 19 dicembre, due giorni dopo la sua uccisione. Gli agenti di pubblica sicurezza lo hanno portato a un ospedale involto in un pezzo di tela e legato da una corda. Il cadavere divenne proprietà di un generale che doveva curarne le esequie per conto della amasia imperiale. Nell'intervallo, tra l'ospedale e la sepoltura, una donnaccia lo trasse dalla tela e pagò cento rubli all'agente perchè la aiutasse e tutti e due lo vestirono con un paio di calzoni di velluto nero e una bluse ricamata in argento. Le autorità avevano già ricevuto l'ordine di trasportare la salma del «santo» a ZarkoieSelo. Il convoglio vi giungeva a sera. Non c'erano lumi. Il colonnello Leman, vicecomandante di palazzo, lo aspettava. Saltò nell'automobile e fece da guida attraverso la foresta. Si fermarono tutti sull'area dove doveva costruirsi una cappella. Cinque agenti lo scaricarono e lo adagiarono in una cassa e lo rovesciarono nella fossa. Terminata la funzione il colonnello distribuì 200 rubli ciascuno, con l'ingiunzione di tacere di quello che avevano veduto.

La Corte sviava l'opinione pubblica facendo spargere la voce che fosse stato sepolto altrove. La Czarina voleva che il cadavere fosse tutto suo. Ella vi andava sovente. Vi aveva messo dei guardiani che facevano tornare indietro i curiosi. Una sera è stata veduta in una slitta con sua figlia Olga. Ne uscirono e vi si prostrarono. L'imperatrice il 27 febbraio 1917 gli aveva dedicato una cappella che doveva sorgere.

La truppa di ZarkoieSelo si era confusa col popolo in rivoluzione. Dai soldati si è saputo subito che alle esequie di Rasputin avevano preso parte l'imperatrice con tutte le sue figlie, un generale e la sua compagna Vyrubov. Aveva ufficiato un diacono. Molte lagrime erano state versate sulla tomba del «martire».

I prodromi della rivoluzione erano nelle strade e nei palazzi. Si sentiva che la fine dello Czar era a poche ore di distanza. Due reggimenti in piazza, incaricati l'uno di ammazzare l'altro, hanno dato questo spettacolo al pubblico. Il comandante del reggimento imperiale ha detto: «Non posso comandarvi di tirare sui vostri fratelli, ma io sono troppo vecchio per mancare al mio giuramento!». Con una rivoltellata si fracassò il cranio. I suoi soldati lo avvolsero in una bandiera rossa. — Paolo Miliukof, storico, sociologo, deputato, uomo che sapeva a fondo sei lingue, storico autorevolissimo per i suoi studi sulla Russia, professore dell'Università di Mosca, autore dell'annata della lotta, con un programma legalista, vale a dire che non esigeva che un Ministero responsabile, contribuiva al colpo di Stato con un discorso nella gran sala Caterina che fu considerato il crollo della monarchia. Non era caduto nel fango che il Ministero dello Czar. La storia, diceva, non ha mai conosciuto governo tanto stupido, disonesto, vile e traditore. «Siate uniti», diceva alle folle accorse a udire il discorso. «Siate uniti voi pure soldati e ufficiali del nostro grande e glorioso esercito russo». L'assemblea ha voluto sapere da chi erano stati scelti come nuovi ministri. «Chi ci ha scelti? Nessuno. Se avessimo atteso l'elezione del popolo i nostri nemici sarebbero ancora al potere. È la rivoluzione che ci ha scelti. Non serberemo il posto un minuto di più se i rappresentanti del popolo non ci eleggeranno. E i ministri chi saranno? Non ho segreti. Alla testa del nuovo Governo collocheremo un uomo che fu spietatamente perseguitato dai despoti passati: il principe G. L. Lyov, presidente degli Zemstvo.

— Censuario!

— Censuari!

— Censuari! rispondeva il professore. — Ma è la sola organizzazione che darà modo agli altri strati sociali di organizzarsi. Io sono pure felice di annunciarvi che abbiamo con noi un deputato che non è un censuario: Kerenski. Egli sarà il nostro ministro di Giustizia. I tristi eroi dell'antica tirannide saranno nelle sue mani. A me, Miliukof, sarà affidato il portafoglio degli esteri. — Gutckov, uomo di tradizione nera, è stato fischiato. Il vecchio professore dopo avere fatto passare il ministro della Guerra, della Marina, della Agricoltura, ecc., venne a parlare della dinastia. «La mia risposta non piacerà a tutti. L'antico despota che ha condotto la Russia sull'orlo dell'abisso rinuncerà benevolmente al trono, oppure sarà rovesciato. Il potere passerà al reggente Michele Alessandrovic (rumori furiosi), Alessio sarà erede.... (grida più violente),

— Voi ci conservate la vecchia dinastia!

— Sarà una monarchia costituzionale parlamentare.

La seduta fu sciolta fra il malcontento generale. Non valeva la pena di sbattere giù un tiranno per mettere al suo posto uno che forse potrà essere peggiore. La monarchia non era più voluta da nessuno. Intanto che si issavano le bandiere rosse sulle alture del Palazzo d'inverno, sulla sede del Soviet e sulla Duma, Nicola II riceveva al quartiere generale la notizia della rivoluzione.

Il sovrano si rimise subito in viaggio per ZarkoieSelo. Giunse a Pskov il 14 marzo alle otto di sera. Alle due di notte fece sapere ch'egli era disposto a fare delle concessioni. Scrisse un manifesto in questo senso. Troppo tardi. Rodzianko, presidente della morente Duma, glielo fece sapere attraverso l'ordigno auricolare. Troppo tardi! Per lui non c'era più che l'abdicazione. Lo Czar si dichiarò pronto a ubbidire alla volontà del paese. Lo Czar non domandava che la presenza di Rodzianko. Il presidente aveva altre cose da fare.

Gli giungevano invece due delegati: Giulghin, deputato e Gutckov. È quest'ultimo che narra:

«Quando entrammo nel vagone imperiale vi trovammo il barone Fredericks, ministro di Corte, e un generale sconosciuto. Poco dopo apparve lo Czar Nicola. Ci salutò piuttosto amabilmente e ci invitò a sedere. Il Comitato della Duma gli aveva chiesto di assistere al colloquio. Gutckov espose la situazione. Non nascose nulla. Teneva gli occhi bassi per dissimulare la sua emozione e parlare più agevolmente. Terminando disse che la sola via d'uscita era l'abdicazione dello Czar in favore di suo figlio Alessio. Lo Czar con voce quasi calma rispose:

— Ho riflettuto. Gli avvenimenti d'oggi mi hanno deciso all'abdicazione, ma non posso separarmi da mio figlio. Vi propongo in sua vece mio fratello Michele.

I due delegati si consultarono e riapparvero.

— Non abbiamo il diritto di immischiarci nei vostri sentimenti di padre. Inoltre il piccolo imperatore ricordando sempre i suoi genitori, potrebbe nutrire sentimenti ostili contro coloro che da essi lo avrebbero separato. Fate come volete.

Lo Czar Nicola passò nel vicino scompartimento donde ritornò con l'atto di abdicazione firmato. Vi facemmo dei cambiamenti. Lo Czar firmò di nuovo.

L'orologio segnava le 11 e 50.

Dopo di che ci strinse la mano.

Partimmo recando nell'animo un sentimento di compassione per l'uomo che seppe espiare le sue colpe abdicando nobilmente e senza rimpianti».

La rivoluzione era un fatto compiuto e legalizzato. Tutta la Russia leggeva sui muri la dichiarazione dell'abdicatario:

«Per grazia di Dio, noi Nicola II, imperatore di tutte le Russie, Czar di Polonia, granduca di Finlandia, ecc., a tutti i nostri fedeli sudditi facciamo sapere:

«Nei giorni della gran lotta contro il nemico esterno che si sforza da tre anni di assoggettare la nostra patria, Dio ha voluto sottoporre la Russia a nuova e penosa prova. Dei torbidi interni minacciano di avere una ripercussione fatale sull'andamento ulteriore della tenace guerra. I destini della Russia, l'onore del nostro eroico esercito, la fedeltà del popolo, tutto l'avvenire della nostra cara patria, vogliono che la guerra sia condotta ad ogni costo a una fine vittoriosa.

«Il nostro crudele nemico fa i suoi ultimi sforzi e si avvicina il momento nel quale il nostro valoroso esercito, d'accordo con i nostri gloriosi alleati, abbatterà definitivamente il nemico.

«In questi giorni decisivi per la vita della Russia abbiamo creduto nostro còmpito di coscienza facilitare al nostro popolo la stretta unione e l'organizzazione di tutte le sue forze per la rapida realizzazione della vittoria.

«Ecco perchè d'accordo con la Duma dell'impero, abbiamo riconosciuto esser bene di abdicare alla corona dello Stato russo e di deporre il supremo potere.

«Non volendo separarci dal nostro amato figlio, noi trasmettiamo la nostra eredità a nostro fratello, il granduca Michele Alessandrovic, benedicendolo per la sua assunzione al trono dello Stato russo. Noi destiniamo nostro fratello a governare, in piena unione con i rappresentanti della nazione che siedono nelle istituzioni legislative, e a prestar loro giuramento inviolabile in nome della benamata patria.

«Noi facciamo appello a tutti i fedeli figli della patria chiedendo loro di adempiere ai loro sacri e patriottici doveri, obbedendo allo Czar in questo penoso momento di calamità nazionali e di aiutarlo con i rappresentanti della nazione a condurre lo Stato russo sulla via della prosperità, della felicità e della gloria.

«Dio aiuti la Russia.

«NICOLA».

15 marzo 1917.

Il Governo provvisorio era composto di bonaccioni. Invece di prendere l'autore di tutti i mali russi a pedate, si sono commossi. Così nel manifesto, il più stramaledetto degli uomini, che ha fatto appendere, imprigionare e morire in Siberia tanti uomini, ha potuto parlare della «cara Russia», della «benamata patria», dei «fedeli figli della patria», della «felicità dei popoli» e di altre castronerie di effetto scenico.

Di diverso tra una rivoluzione e l'altra c'è stata la sollecitudine. Quella francese è passata dallo sventramento della Bastiglia alla ghigliottinatura di Luigi XVI in tre anni. La Russia non ha impiegato a vuotare il trono che tre giorni. Il fratello Michele non ha accettato. Sfido! Sui palazzi pubblici sventolava la bandiera rossa. Per le vie si udivano le grida di «basta di monarchia. Abbasso i Romanov». Il marxismo penetrava; faceva sentire che la rivoluzione non era rivoluzione borghese. Gli operai dei grandi Stabilimenti erano per le vie col grido vecchio del pane! Grido che avrebbe dovuto essere migliorato. Del pane ne avevano mangiato abbastanza. I granduchi, i primi leticoni del regno, avevano preso il largo. Non erano che gozzovigliatori che rincasavano ubbriachi fradici. Gente odiosa. Gente che si odiava, che si temeva, che si accusava, che si pedinava, che si stracciava la riputazione imperiale come un mucchio di facchini.

Di ora in ora i treni si vuotavano di soldati che erano stufi dei tre anni di guerra. In mezzo alle folle che circolavano si udivano sovente delle scariche.

Kerenski.

L'impero era in pezzi. La massa dell'autorità czaristica che aveva terrorizzato per più di tre secoli centinaia di milioni d'uomini era nella cloaca degli orrori imperiali. Lo Czar circolava come un nome vituperevole. Il Governo provvisorio era in piedi meravigliato di se stesso, stupefatto della sua potenza. Tutti l'acclamavano. Pietrogrado aveva ancora dei dubbi sulla propria liberazione. La gente era scettica, incredula sull'abdicazione del tiranno. Kerenski, avvocato di 36 anni, capo del gruppo travaglista alla Duma, con un passato pieno di propaganda ai minatori, ai lavoratori della terra, alla popolazione delle fabbriche e delle officine, passava dappertutto come una rivoluzione in cammino. Ohimè! Grandi frasi, parole reboanti, eloquenza tronfia e patriottica, minacce di schiacciare il nemico col ferro nel sangue.

Alessandro Feodorowitc Kerenski era il solo che impersonava lo Stato. Miliukof, ministro degli Esteri, non era che un legalista, un progressista, un professore di cattedra, un deputato dell'antica Duma che aveva per programma «il Governo responsabile». Poco. Gli altri del Governo non erano che amanuensi. Lui ordinava, organizzava, concionava, correva dove maggiore era il pericolo a sedare, a infondere energia, a trasmettere coraggio, a promettere un futuro d'oro. Con lui la pena di morte dell'antico regime aveva cessato di funzionare. Il collo dei cittadini era divenuto sacro. La polizia — abbiettezza del passato, vituperio imperiale, creata dalla mente fosca che non produceva che delitti e disfatte — era nei gorghi della fogna. La Russia repubblicana lo applaude. Non più poliziotti! Non più spie! Non più Azev! Non più Gapone — il pope traditore, strangolato dalle mani rivoluzionarie in un momento di profondo disgusto.

Kerenski si moltiplicava. In un attimo spariva. La flotta del Mar Nero era insorta. Egli vi si precipitava. La entusiasmava con un discorso, ne richiamava l'ammiraglio e poi via al fronte, a sostenere la guerra. I soldati che avevano già sul registro due milioni di morti e quattro o cinque milioni di feriti si sentivano a disagio. Il grand'uomo perdeva terreno. Invece di abolire la coscrizione che aveva ammucchiato la gioventù per tanti anni nelle caserme, piegava alle esigenze della Intesa. Voleva la continuazione della guerra in un ambiente in cui si era stufi di morire per la gloria della patria. Egli è stato preso per un gambettista, un uomo che non parlava che dell'onore nazionale. Forse era in lui del Jules

Favre, oratore spavaldo, con prosa patriottarda. Ai tempi del '70 Jules Favre aveva affermazioni eroiche come lui. Egli aveva affermato che i tedeschi non avrebbero avuto nè una pietra nè un pollice di terreno. Si è veduto!...

Travaglista della terza Duma, della «Duma nera», respingeva con orrore la volontà dei sovietisti che non volevano più sapere degli eserciti con l'occhio nella schiena. Si sentiva il girondino.... Non si ricordava neppure più che l'abolizione della coscrizione era un caposaldo della Comune. Via! Egli, senza ascoltare la voce del Paese, continuava a disseminare discorsi vuoti e fracassosi. Rifiutava di cacciare in fondo alla fortezza di Pietro e Paolo la coppia imperiale. Uomo di legge, voleva che nessuno fosse al disopra della legge. Lui, alla testa del Governo provvisorio, non avrebbe mai permesso che l'abdicatario cadesse nelle mani dei fanatici. Con un discorso focoso di più ore asseriva davanti ai delegati della nuova Russia, che non c'era autorità legale che potesse mettere in istato d'accusa il sovrano. Come? Si domandava l'uditorio. La rivoluzione non ha precedenti. Rovescia tutta la legalità dell'antico regime. Essa crea un nuovo stato d'animo nazionale. Egli non voleva imprigionamento crudele per l'uomo che scioglieva la Duma che non gli piaceva dopo tre mesi e che mandava in prigione per sei mesi chi presiedeva una seduta ch'egli chiamava «illegale». Come è toccato al ministro degli Esteri del Governo provvisorio. Bisognava avere la bontà del marzapane per tollerare fra i vivi Nicola. Nicola che ha tolto tra la seconda e la terza Duma il diritto di voto ai paesani e che nel 1907 ne ha fatto condannare più di 4000 dai tribunali reazionarî! È lui che ha popolata la Siberia di contadini. Nicola ve li mandava a «catene» — li mandava nel paese glaciale, dove i prigionieri erano bastonati e sottomessi ai lavori forzati, con le mani e i piedi carichi di ferri! E Kerenski lo proteggeva con la legge! Per soddisfare un po' l'opinione pubblica si è convenuto di frugare nei letti dell'imperatore. Si rivelava idealista, nutrito di chimere. Si contraddiceva. Aveva idee confuse. Le sue aspirazioni di ieri combattevano quelle di domani. Addio ai sogni dell'Internazionale! Non voleva collaboratori. Voleva essere solo. Il lavoro di eloquenza lo ammazzava. Qualche volta sveniva. Ma non smetteva. Non chiamava aiuti. Intanto sommosse, fucilate, a intervalli un po' dappertutto. I contadini non volevano più lavorare la terra degli altri. Gli operai uscivano dagli stabilimenti padronali con la testa in rivolta. Il Soviet — vale a dire il Consiglio di più di duemila delegati proletari — incominciava a dissentire da lui. Kerenski non capiva neppure la necessità della soppressione della stampa borghese. In tempo di guerra civile, l'ancien régime deve perire completamente. I giornali czaristi non potevano essere che immorali — come era immorale la tipografia borghese. Kerenski sentiva più il '48 con le insurrezioni disordinate che la Russia del 1917. La stampa nemica era una oppressione come era una oppressione l'industria sfruttatrice.

Trotski, con un magnifico discorso, ha riprodotto benissimo l'ambiente rivoluzionario. Durante la guerra negli armadi di ferro del monarca passarono i documenti della sua fellonia. Troppo tardi. In rivoluzione gli indugi sano fatali. Perchè essa riesca vittoriosa bisogna tenere in mano l'orologio e contarne i minuti. Sapevano tutti che egli e i suoi ministri avevano tentato di fare una pace separata con la Germania. I documenti accusatori erano spariti. La Commissione incaricata della Cancelleria ambulante che seguiva l'imperatore nelle sue visite al fronte non ha trovato che le briciole dei suoi pensieri reconditi. In alcune lettere firmate dai regnanti dei paesi alleati si diceva che la Germania faceva sforzi inauditi per una pace separata. Data: marzo e aprile del 1916. In un'altra missiva, si incalzava l'Italia a separarsi dagli alleati, promettendole concessioni più importanti di quelle fatte dai parecchisti. Nicola ha scritto con la sua calligrafia. «M. K. mi ha già parlato di tutto questo». Se la Russia avesse piegato avrebbe dovuto cedere al Kaiser una delle provincie baltiche, la Curlandia e la città di Kovno. In compenso lo Czar si sarebbe arricchito della Bucovina, di tutta l'Armenia, di una parte della Persia e del libero passaggio dei Dardanelli, ecc. Erano lettere senza importanza. La Czarina che aveva lavorato tanto per la pace separata si era impadronita a tempo dei documenti del tradimento.

Kerenski voleva essere mite. Non voleva «insudiciare» la rivoluzione col sangue dei ribaldi imperiali che avevano fatto della Russia un campo per tutti i lupi della reazione. Marat, Danton, Robespierre gli facevano orrore. Egli orava e riposava e non udiva il vento popolare che strepitava per le sue indulgenze.

Riassumo Trotzki.

Durante la guerra civile, il diritto di servirsi della violenza non appartiene che agli oppressi. Se la violenza fosse praticata dagli oppressori sarebbe immorale. La Pravda (la Verità), l'organo del primo cittadino russo, cioè di Kerenski, non capiva neppure la confisca. Confiscare i terreni, confiscare le Banche, confiscare gli stabili, confiscare le proprietà imperiali, confiscare tutto. Confiscare o perire. I kerenkisti che vivevano di utopie del passato regime vedevano in ogni movimento l'agonia del bolscevismo. Ma era anch'essa un'illusione. Non c'erano sepoltori per il bolscevismo. Esso andava via per il suo stradone convinto che la rivoluzione era sua. Kerenski non aveva che il potere. Potere effimero. L'avvenire non gli dava più salvezza che in una fuga. Si doveva preparare, dicevano le masse del Soviet. Egli è un politicante, un salvatore di glorie nazionali.

Kerenski sorrideva e lasciava vivere i giornali che lo lusingavano, gonfiandolo, facendogli una statua. Con Kerenski i quotidiani che appestavano l'aria rivoluzionaria non cessarono la loro funzione nefasta che quando comparvero sulla piattaforma Lenin e Trotzki. È allora che si disinfettarono le due capitali con una sovietata. Inutile. Kerenski, ci ricordava John Burns, operaio divenuto ministro in Inghilterra. Raggiunto il potere, gli oratori dalla prosa ampollosa finiscono il lor compito. Si rivelano impotenti. Incomincia la loro decadenza. Kerenski toccato lo zenit non ha avuto che lente o rapide discese. Le sue orazioni non scaldavano più. Egli non era che un attore in fine di carriera. Fatto un discorso credeva di avere seminato delle idee. Errore. Egli non aveva sparso che parole altosonanti, che della eloquenza democratica, falsa, tinta di rosso. Invece di rinvigorire i cervelli li smascolinava. Il grand'uomo era perduto.

Simpatico, bassotto, piuttosto scarno, con un leggero tremito alla bocca, segno del suo ticchio nervoso. Sulle guance sono le tracce dei patimenti dei tempi andati. Occhi luminosi o voluttuosi, oltraggiati dall'assenza dei peli cigliari. Le sue sopracciglie sembrano schizzi di penna caricaturale.

Egli deve avere pianto sulla sterilità della sua oratoria.

Al momento di abbandonare la sua sovranità non ha trovato un soldato che lo abbia ascoltato e si sia deciso a prendere il fucile per il fronte. Dietro lui non vi sono che discorsi. Ha abitato il Palazzo d'Inverno e il Palazzo di ZarkoieSelo, come in un sogno fantastico. Invece del porcaio rasputiniano vi ha trovato la seduzione e il fascino. Queste soddisfazioni personali sono state considerate due atti degni di Masaniello. Non una legge, non un decreto si sono trovati al suo dorso per la rinnovazione del regime. Egli se ne andava dal luogo dove credeva di avere arroventati i cervelli, mentre i soldati russi fraternizzavano con i soldati tedeschi. Quale maledizione! L'esercito era disfatto. Gli ufficiali della disciplina e per la guerra cadevano fulminati come nemici. I generali fuggivano o rimanevano sulla strada. Si disertava. A Tzaritzine, a Tambof, a Odessa, a Mosca i fantaccini rifiutavano di partire per il fronte a ricaricare i fucili.

Kerenski aveva scritto un prikase per la cessazione dello scambio fra soldati russi e soldati tedeschi. E i soldati continuavano a scambiarsi il pane, lo zucchero, il vino, il sapone, la vodka. Prima di lasciare la Russia, Kerenski, ha dovuto bere il suo calice fino al limaccio. Dopo uno dei suoi discorsi elettrizzanti della sua eloquenza, un soldato è uscito dai ranghi per dire al Ministro che egli non voleva la guerra.

— Io non voglio più combattere, signor Kerenski. Il soldato aveva in mano la pubblicazione intitolata la dichiarazione del diritto del soldato.

Così gli è capitato al fronte del nord. Il Ministro della Guerra aveva finito uno dei suoi gloriosi discorsi, sfavillanti di scintille. Uno dei soldati usciva a ripetere la dichiarazione di quell'altro. Kerenski è diventato smorto e ha chiamato il colonnello perchè gli mandasse il ribelle per svergognarlo in faccia a tutti come un cialtrone indegno di difendere il territorio russo. Il soldato perdette i sensi. Tutti gli altri che avevano sentito il disonore del collega si votavano alla patria. Fu un vero trionfo orale. A Kerenski sono venute le lagrime agli occhi. Poco dopo gli ufficiali confidarono a un corrispondente che la scena che egli aveva veduta non era stata che un fuoco di paglia. Neppure uno ha voluto sprecare la propria vita per la vittoria degli alleati....

Più tardi ha dovuto impallidire. Il generale Denikine che ritornava dal fronte gli ha letto una descrizione che valeva per tutte le unità militari. Dieci milioni d'uomini si erano quasi tutti rifiutati di battersi. L'istinto animale della conservazione gli aveva rivelato lo stato latente della decomposizione. Più di dieci Divisioni avevano gettate le armi in blocco. I capi di tutti i gradi, i Comitati, gli oratori, gli agitatori per rialzare il morale degli attori della guerra erano discesi fino alle supplicazioni, fino alla implorazione, fino alla esortazione senza riuscire a nulla. Si perdette un mese. Il secondo Corpo caucasico e la 167a Divisione erano in una condizione deplorevole. Molte unità avevano perduto l'aspetto umano. Non dimenticherò mai, diceva, le ore passate al reggimento 170° e alla 173a Divisione. Certi reggimenti, udite!, si erano costruite otto e perfino dieci distillerie. Non si occupavano più che di bere. Giocavano, rissavano, rapinavano e qualche volta si ammazzavano. I creduti migliori o tornavano indietro o prendevano la decisione irrevocabile di non battersi. Il generalissimo accusava i capi. Aveva torto. Partito lui, i soldati riprendevano la parola ed esortavano i camerati a non ascoltare il «vecchio borghese».

La parabola kerenskiana fu breve. In pochi mesi egli ha cambiato tre portafogli. Ministro di giustizia, Ministro di guerra, presidente dei Ministri. Le sue giornate più dolorose che hanno inaffiato di sangue umano il suo stato di servizio nel Governo provvisorio furono nel luglio del 1917. Egli ha fatto tirare su i «criminali», cioè sui propagandisti internazionali. L'uomo che aveva mangiato tutto se stesso in un Governo provvisorio era giunto coi piedi sull'orlo dell'abisso leniniano. Le masse stavano per rovesciarvelo.

La famiglia imperiale a Tobolsk.

La disperazione dei Soviets.

Kerenski non fu giusto. Vissuto in una Duma di «gentiluomini» non è stato all'altezza del còmpito nè come Ministro di giustizia, nè come Ministro di guerra. Nell'Assemblea dei montagnardi francesi non gli sarebbe rimasta la testa sulle spalle. Egli non ha saputo disfarsi dell'antico regime. Non ha dato soddisfazione al popolo che lui chiamava «plebe». I suoi atti e il suo linguaggio non facevano che offendere la opinione pubblica. Non c'è lettore straniero che non sappia dell'odio russo per la polizia russa che massacrava per conto della autocrazia. Gli arnesi del delitto — coloro che gettavano tutta una popolazione in crisi di sangue e di spavento — dovevano essere eliminati, fugati, buttati nei fiumi. Le provincie erano tutte piene delle loro vittime. Fino agli sgoccioli della vita imperiale si sapeva che il Ministro dell'Interno non era che un capo di polizia non meno aggressivo di Plehwe — assolutista feroce e astuto, giacobino dell'aristocrazia che gli intellettuali hanno dovuto sopprimere facendolo saltare in aria con la vettura e il portafoglio che conteneva i progetti per distruggere mezza umanità e fare della Siberia un grande deposito di malcontenti. In rivoluzione si agisce. Un uomo come Protopopof — l'ultimo Ministro degli Interni dell'antico regime, non doveva sopravvivere al suo arresto due minuti, il tempo per un interrogatorio sommario. I suoi delitti erano leggendarii. Bastava l'ultima sua concezione legislativa per consegnarlo al boia. Un tribunale rivoluzionario non avrebbe aggiunto nulla. Il suo atroce misfatto era nell'ultima seduta di ZarkoieSelo. Narriamo e giudicate.

Prima che scoppiasse la grande rivoluzione di mutamento sociale, Protopopof che si credeva poliziescamente al sicuro, malgrado il fermento nelle fabbriche e nelle officine, ideava un attentato contro la terza Duma, come lo Czar lo aveva ideato contro la seconda, quando la ridusse a una maggioranza reazionaria sostenitrice di autocrazia. Per lui bisognava andare avanti e mettere sul lastrico i sessanta cadetti, i 25 travaglisti e i 17 socialidemocratici che non facevano, al Palazzo Tauride, che dell'ostruzionismo. Ma non è stato a tempo a sciogliere la Duma. Avrebbe avuto bisogno di qualche settimana e la rivoluzione non gli ha dato che qualche giorno. Come poliziotto e capo di tutte le polizie segrete e monturate ha saputo inferocire lo Czar. I decimatori di popolo sedettero a

Consiglio a ZarkoieSelo. Presenti: Nicola, il principe Galitzine, Vaichy, comandante del palazzo, Nilof, Protopopof e alcuni altri del gabinetto alla Duma. Lo Czar inclinava a fare concessioni misurate dalla grettezza alla Duma. E ne diceva la ragione. Dopo tutto non dava molto. Si contentava di darle un po' di quella libertà ch'egli stesso aveva proclamato il 17 ottobre 1905, quando i selciati e gli acciottolati erano ancora sfatti e chiazzati del sangue rivoluzionario. La minoranza si pronunciò contraria. Di concessione in concessione si sarebbe andati allo scoronamento. Protopopof si contorse e pronunciò parole vigliacche. Egli assicurava lo Czar che per lui non c'era trionfo che col pugno di ferro. Avevano veduto Thiers. Non ha vinto che con la resistenza e con le stragi nelle vie. I macelli comunardi furono suoi. Bismarck era ancora un tipo moderno. La brutalità era più saggia che la debolezza. Le vie berlinesi sono state inaffiate del sangue proletario per ordine del cancelliere di ferro.

Lo Czar, come distratto e senza poter consultare la Czarina, interruppe il Ministro alzando la mano e dicendo a se stesso ad alta voce:

— Sia! Ebbene sia! Poichè è necessario, concediamo.

Nicola diceva che le concessioni dovevano essere infuse in un manifesto da redigersi seduta stante. Per non sdrucciolare in un gabinetto responsabile, suggeriva d'inchiudere fra i nuovi Ministri i membri più influenti e più abbaianti della Duma.

— Domando il permesso di dire un'ultima parola, disse caldamente l'esecrato Ministro dell'interno — più poliziotto e più liberticida e più assassino degli assassini del due Dicembre parigino.

«Maestà, io credo che queste concessioni, per minime che siano, siano inutili e pericolose. Inutili, perchè l'opinione pubblica non se ne contenterà; pericolose, perchè esse ci trascinerebbero a poco a poco ad altre concessioni più disastrose alle istituzioni di Vostra Maestà. Affermo che non vi è nulla di minaccioso nel movimento operaio e che la situazione non è punto aggravata. Vi sono forse in tutta la Russia tre centri ammutinati. Basta distruggerli perchè rinasca subito la quiete.

Nicola si sentiva ringagliardire.

— Io vi prometto il ritorno alla tranquillità pubblica solo se metterete a mia disposizione quattrocento o cinquecentomila rubli per la compera delle mitragliatrici allo «scopo di schiacciare la rivoluzione nell'uovo».

Questa somma, diceva dopo una pausa, è indispensabile all'acquisto delle mitragliatrici e all'insegnamento di usarle agli agenti di polizia della capitale. Così provvisti di materiale di combattimento, il Governo la farà facilmente finita con le sommosse, con le processioni, con gli scioperi, con i comizi segreti e pubblici. Le persone che desiderano la rivoluzione verranno mietute come campi di fieno. Con le mitragliatrici ogni pericolo sarà evitato.

Lo Czar rimase alcuni secondi perplesso. Poi come se avesse ricevuto l'ispirazione del defunto Rasputin si volse al terribile Ministro:

— Poichè voi siete persuaso della riuscita, eseguite il vostro programma. Io confido in voi.

Il Consiglio concedette 350.000 rubli con lo scopo preciso di «schiacciare la rivoluzione nell'uovo».

Il resto è noto. Le mitragliatrici fecero meraviglie. Rovesciarono al suolo centinaia e centinaia di uomini assembrati. I maneggiatori di mitragliatrici non se la cavarono come aveva predetto Protopopof. Centinaia e centinaia di loro vennero massacrati a colpi di fucile dai rivoluzionarii.

La rivoluzione si è incendiata. Quindici giorni dopo la testa di Protopopof e la testa dell'ultimo Romanov dovevano essere in processione sui pali come quelle degli aristocratici della grande rivoluzione francese. Invece!

Kerenski era mite e proteggeva i delinquenti con la mitezza. Cito un altro fatto imperiale della arrendevolezza e della benevolenza e della tenerezza del grande Ministro. La gente cercava nell'aria la testa di Nicola. Non le pareva possibile che ci fosse della clemenza per l'uomo che aveva legiferato fino all'ultimo giorno con la mitragliatrice, con i cosacchi dalle lance lunghe e con i gendarmi bordati di rosso, come ditte di spargitori di sangue. Kerenski era più legale della legge. Ai rimproveri dei Soviets rispondeva come un gentiluomo sordo alle incitazioni. Non si poteva demolire tutto in una volta. Cromwell era Cromwell. Distanziava di parecchi secoli. Cromwell aveva abbattuto anche le folle, anche i paesani. In Russia non c'era legge per abbattere i sovrani. C'era la violenza, non la legge. I nichilisti avevano assassinato Alessandro II e si capisce. Hanno scontato il loro delitto. Volevano la rivoluzione e la reazione li ha schiacciati. Lui, Kerenski, non voleva circolare per la posterità come il più rosso dei giacobini russi. Ma i membri del Soviet della capitale e i membri dei Soviets delle provincie insistevano e minacciavano di rovesciare il Ministero provvisorio, il quale, dopo sei mesi, non aveva ancora osato interrogare le masse elettorali per paura di rimanere a sua volta sul campo della disfatta.

Lo Czar e la sua famiglia, dopo l'abdicazione del 15 marzo 1917, non erano stati scomodati. Vivevano nello stesso fasto imperiale. Nicola, abdicatario, era giunto a Pietrogrado, circondato da una scorta militare che aveva avuto per lui il rispetto dell'antico regime.

Intorno a Nicola si respirava un alito di sangue umano. Senza la sua aria modesta lo si sarebbe creduto il Calcraft della costituzione inglese o il Deibler della costituzione francese. Si vedeva in lui un carnefice.

Kerenski, ministro della giustizia nel gabinetto del principe Lvof, non si lasciò commuovere. I Soviets e i sovietisti urlavano per un po' di giustizia, ma lui teneva duro. Lui vivo non avrebbe mai permesso di insultare la monarchia trecentenaria per violare la legge. Non voleva che il capo di un impero assoluto fosse responsabile degli avvenimenti che erano avvenuti nel suo regno. Mancherebbe! Lo Czar non poteva essere alla reggia e in ogni luogo. Il Consiglio dei Ministri fu con Kerenski. Neppure gli altri volevano maltrattare il povero Nicola. Per contentare gli insaziabili di giustizia, il Consiglio aveva aderito a mantenere la famiglia del Palazzo Alessandro di ZarkoieSelo sotto una certa sorveglianza. E così venne sedato il tumulto che incominciava a ingrossare.

L'exsovrano abitava un appartamento separato dalla famiglia, al secondo piano del Palazzo, dando la sua «parola d'onore» che non avrebbe mai cercato di rivedere la sposa. Durante la sua visita quotidiana ai figli la exCzarina doveva allontanarsi in un'altra ala del Palazzo. I funzionari e le persone del vecchio seguito non dovevano avere comunicazioni con la gente di fuori. L'uscita era loro proibita.

Nicola era poltrone. Si alzava tra le nove e le dieci. Sdigiunava con una tazza di tè, con alcuni biscotti e con un uovo. Si faceva comperare i giornali da un soldato e li leggeva avidamente. Colazionava alla una e pranzava alle otto. Le sue vivande erano legumi, pesce e frutta. Dai suoi pasti era esclusa la carne. Non beveva vino. La mezza bottiglia che gli portavano rimaneva intatta. L'ipocrita imperiale si faceva credere sobrio!

La cucina di Nicola detronizzato era diretta da Carlo Oliviero, chef francese, il quale aveva promesso di spendere per gli ospiti confinati nel Palazzo in ragione di dodici lire a testa. Il menù veniva sottoposto ogni mattina all'ufficiale di guardia. L'erede al trono, Alessio, era l'unico che poteva ordinare a capriccio e fin che voleva. Piccolo e sempre ammalato, i membri del Governo che lo avevano scelto per successore al trono, non hanno voluto sottoporlo al menù dei confinati. Il piccolo mangiava sovente a letto.

L'exCzar fatta la colazione, indossava l'uniforme di colonnello, grado al quale era pervenuto durante la vita del padre, e scendeva in giardino per la sua passeggiata, dove era atteso dagli incaricati di sorvegliarlo. Sera e mattina, lui e la famiglia, si recavano in chiesa. Vi si inginocchiavano. Alessandra Feodorovna si prostrava distante dal marito e separata da un paravento. Costei era divenuta più bigotta. La morte di Rasputin le aveva smagrato il volto. Era ammalata di religiosità. Pareva vivesse fuori del creato. Terrea, con le labbra smunte e premute l'una sull'altra, rimaneva sulle ginocchia come una statua di marmo. Pianse una sola volta, quando andarono a portarle via la Vyrubovfattucchiera degli appartamenti dell'eximperatrice. Essa era stata destinata alla fortezza di Pietro e Paolo con le sue grucce che le servivano a stare in piedi dopo il suo infortunio ferroviario.

L'exsovrana una volta che aveva cessato di collaborare alla tirannia dell'impero per conto del marito, coadiuvata dalla nobiltà assassina, nobiltà che sfollava il regno con salassate spaventose, era divenuta triste. La sua faccia era sfigurata. Feodorovna non si occupava più che di leggere libercoli noiosi e religiosi. Nicola era divenuto più indifferente di lei. Non amava più che la famiglia. Era stanco di sommosse — stanco di essere alla testa di un impero di malcontenti e di riottosi e di congiurati contro la sua vita. Voleva la quiete. Gli bastavano la moglie e i figli. Il suo favorito era l'Alessio, al quale non avrebbe mai dato le tribolazioni del trono. Ah no! diceva stringendoselo al petto.

Egli era molto riconoscente a Kerenski per le gentilezze. Non gli aveva dato nulla di eccessivo, ma non aveva permesso che a lui e ai suoi si facessero delle scortesie. Il Ministro avrebbe indubbiamente fatto di più senza la presenza del Soviet il quale insisteva perché l'ex Nicola II venisse messo in istato d'accusa. Lasciare uno Czar nel proprio

Palazzo di regnante era una buaggine criminosa, dicevano i sovietisti. Gli si dava modo di far scomparire i documenti che lo avrebbero fatto impiccare. I membri del Soviet del maggio e del giugno 1917 avevano ragione di dubitare, della energia del ministro Kerenski. Che cosa faceva? I sovietisti erano pronti a spazzarlo via dalla piattaforma governativa con tutto il suo Governo provvisorio.

Kerenski rimase ostinato più di prima. Tuttavia, per l'insistenza del Comitato dei soldati, permise a una Commissione di esaminare le carte della Corte imperiale. Nulla! Nulla di comprommettente! Bisognava supporre la coppia dei delinquenti imperiali bestie. Era troppo tardi.

Con la complicità del vecchio servidorame le lettere anonime, le denuncie, erano andate al falò. Le proteste del Soviet fecero arrabbiare Kerenski.

Per la maldicenza egli non faceva che «favorire» l'«assassino del popolo». Che fare? domandava ai colleghi di gabinetto. Abbandonarlo al Soviet era condannarlo a morte. I Soviets non volevano transigere. O processarlo o mandarlo via col Governo provvisorio. Kerenski prolungò il benessere di Nicola con una intervista e con l'esilio, nella speranza che con la famiglia imperiale in Siberia i sovietisti se ne sarebbero scordati.

Egli era di cuore e non voleva consegnare gli exsovrani alla «plebe». Bisognava portarli via, chiuderli in una zona siberica meno scellerata. Andava a ZarkoieSelo in automobile e pensava alla bufera che si condensava su di lui. L'intervista era stata domandata dallo Czar, pauroso di esiliare a Tobolsk. Alla Siberia egli preferiva la Crimea, dove era morto suo padre.

— Io sono pronto, gli diceva lo Czar, a subire senza mormorii la sorte che mi serba il destino. Non mi spaventano nè la prigione nè l'esilio. Ma c'è mia moglie e ci sono i miei figli! Quali sofferenze per loro, quando si svolgerà un simile processo, suscitato dalle passioni politiche! Io ho paura, sopratutto per mio figlio sempre sofferente.

Kerenski, commosso, si affrettò a tranquillarlo asciugandosi gli occhi umidi di commozione. Avvocato, sentiva la causa. Con la sua eloquenza lo avrebbe strappato ai giurati. Gli prese le mani e con un leggero scotimento lo rese meno agitato.

— Poichè voi leggete i giornali, gli disse, conoscete come la penso. Avversario assoluto di ogni processo, l'eviterò ad ogni costo. Io inclino a credere che una volta esiliato, i Soviets vi dimenticheranno... Contate sulla mia imparzialità.

L'ex Czar non era ancora rientrato nella calma e nella sicurezza per quello che aveva udito dal ministro della guerra.

— Lo so, conosco le vostre intenzioni a mio riguardo: Esse sono benevole e ve ne sono riconoscentissimo. Ma io temo che un giorno i Soviets vi forzino a levarvi contro di me.

Forse non aveva torto. Una volta a Tobolsk i Soviets ricominceranno a urlare per riavere i Romanov. Non volevano assassinarli come avevano fatto «gli assassini del popolo», ma esigevano che tutti fossero processati e tutti subissero la loro sentenza. Era come innalzare il patibolo.

I rappresentanti dei Romanov hanno lasciato ZarkoieSelo alla mezzanotte del 1° agosto 1917, accompagnati da nugoli di soldati a piedi e a cavallo. Prima che il veicolo si muovesse l'ex Czar fece i suoi addii agli ufficiali e ai soldati che lo avevano custodito. La sua voce tremava. Disse loro che sperava di ritornarvi. Un'ora dopo prese posto con la moglie e i figli in una automobile aperta. I soldati gli presentarono le armi e gli ufficiali lo salutarono. Sei persone dell'entourage della Czar furono autorizzati, compreso il medico, a seguirlo in esilio. Tale e quale come gli inglesi avevano fatto per Napoleone I. L'ex Czarina che non parlava da due o tre giorni domandò a sua eccellenza Kerenski se dall'esilio avrebbe potuto scrivere alle sue amiche di Pietrogrado.

— A condizione che tutte le lettere passino dalla censura.

Il fischio del treno imperiale mise fine al momento angoscioso.

Nicola salutò di nuovo gli ufficiali, strinse la mano al ministro della guerra, e via! Il treno portava in Siberia colui che pochi mesi prima era l'autocrate di tutte le Russie, colui che aveva negato un po' di libertà ai sudditi, colui che aveva conceduto la somma per mitragliare il popolo che non gli aveva domandato che un governo di responsabili!

La stretta di mano di Kerenski al dittatore del regno dei delitti è stato un oltraggio alla rivoluzione e a tutti i Soviets.

Un'altra azione più vile è stata compiuta dal presidente del governo provvisorio Kerenski. Egli più di tutti noi sapeva e sa l'odio inveterato dei russi per le polizie russe, in borghese e in uniforme. Tutta zavorra disumanata. Strumenti di atrocità. Colluvie umana rovesciata sul mondo che aveva accenti di verità, che portava nella vita la giustizia e l'uguaglianza, dove non era che malcontento. Polizia, delittuosa, capace di tutte le abbominazioni. L'indice di cento volumi solo per il regime di Nicola non sarebbe bastato a riassumere l'opera inumana di tanti assassini che hanno sfogato i loro istinti di tagliagole su milioni e milioni di persone. Truculenze, vendette, spionaggi, ricatti, ribalderie inaudite. La sola gendarmeria era una ditta di assassinii. I soli risvolti della sua divisa facevano tremare. Dove entrava, la gente scappava. Terrorizzava con la semplice presenza. Non parliamo dei cosacchi. Pirati, ladroni di cavalli, sgozzatori, parricida, barbari coltivati in diverse regioni, come milioni di individui di steppe che si arruolavano per venti anni con il còmpito di accoppare, sdocchiare, azzoppare, uccidere i rivoluzionari, gli «intellettuali», gli adoratori di regimi con il suffragio universale. Erano più atroci dei Cento neri, un'unione di feccia composta di ladroni di strada, di cenciosi di sottosuolo e di apaches di sentina. Vera Sassulitch, uscita dalla couche dei nobili, ha dovuto tirare sul prefetto di Pietroburgo per punirlo di avere scudisciato un prigioniero politico. E questi cani di cosacchi hanno continuato fino all'ultima sera dell'abdicazione a inseguire e a caricare le folle delle vie e delle piazze con il knout, il famigerato castigo cosacco che ha portato via la pelle a tante facce della democrazia. Noi non diciamo a Kerenski di caricare questo milione di svenatori salariati bene da Nicola sulle navi per scaricarli e disperderne la razza in alto mare. Ma diciamo che ci vuole del fegato a farsi chiamare travaglista e scoronatore del più turpe sovrano, per poi fare l'elogio di una classe che non dovrebbe avere posto neppure in galera. Documento. In Russia, come abbiamo già detto, ci sono state delle sommosse, specialmente in luglio e in agosto. Potete immaginarvi la presenza di questi arnesi dell'assassinio legale. Si vedono e il sangue si capovolge. Il governo provvisorio invece di allontanarli come ha allontanato lo Czar, ne faceva arrivare parecchie compagnie. In Pietrogrado questi uomini dai diciotto ai venti anni, tiravano, aggredivano, caricavano. I massimalisti venivano fugati a colpi di nagaika, di palle dei fucili a tiri rapidi e dalle lance banderuolate di nero. I rivoluzionari non fuggivano. Da una parte e dall'altra morti e feriti. All'indomani giungevano altre compagnie di cosacchi di 500 uomini ciascuna. Arrivati in una piazza dove erano i vittoriosi della decadenza dinastica, scaricarono qualche revolver. Ne nacque una terribile effusione di sangue. Cosacchi e rivoluzionari non esitavano a rincorrersi a colpi di fuoco. La piazza era seminata di cadaveri. I governativi vollero fare ai cosacchi le esequie statali. I Soviets allibirono. Si ritornava all'antico regime. Intorno alle bare c'era tutto l'apparato scenico borghese. Preti e stole, acquasanta e croci e bandiere a lutto alle lance dei cosacchi. Dodici orchestre si succedevano con la marcia funebre, dolcezza che immalinconiva i passanti. Le colonne della basilica di S. Isacco erano in gramaglie. La cattedrale formicolava di gente statale. La piazza era piena di soldati a cavallo. In alto, nella cupola, la campana suonava a funerale. Comparve nella piazza, davanti le bare, Kerenski. Grande meraviglia dei sovietisti. In piedi, sopra un largo tabouret, egli dominava le moltitudini del recinto a cancelli aperti. Indossava un costume kaki. La sua faccia era piuttosto giallastra, kaki anche essa; la sua testa tonda e calva era dello stesso colore. Come d'abitudine, egli si piegava con una leggera contorsione e pronunciava le parole di «dovere e di patria» con la voce calda dell'oratore consumato.

— Voi — con la mano protesa verso i cosacchi — voi, da secoli siete schiavi. Ora siete dei cittadini liberi. Difendete dunque la libertà così caramente conquistata. Il nemico è sulla Dvina. Fra poco sarà qui, se voi continuerete la lotta fratricida. Kerenski fece un largo gesto con le due braccia e poi con la voce sempre commossa:

— Sulle bare di queste vittime del dovere, giurate di rispettare le leggi..., di salvare la patria e la libertà.

La gente ufficiosa e i cosacchi alzarono le mani e gridarono tutti assieme:

— Lo giuriamo!

Il corteo si è messo in moto. Fu lungo. Passarono due reggimenti di cosacchi in uniforme azzurra e rossa, spettacolo di colori e di disgusto.

Ci si avvicina a Lenine.

La fiacchezza del governo era estrema, anche con i ministri della coalizione. Il più importante era rimasto Kerenski, installato alla Morskaia, dove prima era il caffè di Parigi, il più elegante della capitale imperiale. Egli si trovava in lotta con i veri rivoluzionari i quali non volevano più udire parlare di guerra e di patriottismo. Il suo ordine del giorno all'esercito e alla flotta non era più dell'ambiente. Nessuno voleva più ascoltare nè di esigenze militari nè di disciplina militare. Egli aveva accordato al militare di appartenere a qualsiasi associazione politica, religiosa, operaia e di orare su qualunque piattaforma pubblica come un tavaric o camerata di tutti gli ambienti. Durante il servizio il soldato poteva svestire la divisa e indossare l'abito civile, salvo quello in zona di guerra o in zona di operazione. Per quest'ultimo l'abito civile era sottomesso all'autorizzazione del comandante. Il ministro aveva però proibito di vestirsi un po' da militare e un po' in civile. Non voleva più anfibii — un po' domestici e un po' soldati. Con lui il soldato non poteva più andare in giro a fare le compere per il suo ufficiale. Kerenski aveva svecchiato il regolamento czarista, ma non aveva rivoluzionato nè l'esercito nè la marina. Il prikase per la guardia rossa era molta differente. È andato in vigore con l'energia degli uomini nuovi. Il colonnello Mourovief lo ha iniziato con queste parole: «Nel còmpito di restituire immediatamente l'ordine a Pietrogrado e nei dintorni, ingiungo di eseguire senza restrizioni gli ordini seguenti:

«Incarico i soldati, i marinai e la guardia rossa e tutto il proletariato rivoluzionario di mantenere l'ordine all'interno».

Agli stessi uomini ordinava di servirsi della loro forza contro i rappresentanti degli elementi criminali contro la vita, la sicurezza e la proprietà dei cittadini. Le perquisizioni non potevano essere fatte senza la presenza di un rappresentante del Comitato rivoluzionario o di un rappresentante della casa abitata o di un soldato della guardia rossa. Puniva con i rigori della legge tutti coloro che si sarebbero permesso di perquisire o sequestrare in appartamenti occupati dai rappresentanti delle potenze estere. L'infrazione a questo ordine «sarà punito con tutto il rigore della legge».

Per impedire il furti e i progroms nelle case degli ebrei e per evitare la possibilità di qualche delitto, il colonnello ordinava la chiusura delle porte d'entrata all'imbrunire. Voleva pure che gli inquilini organizzassero un Comitato di protezione dalle sei di sera alle sette del mattino.

Secondo i borghesi queste precauzioni per la salvezza degli abitanti erano un appello al linciaggio!

Ma l'atmosfera mutava di giorno in giorno.

Kerenski, per i colleghi del primo governo provvisorio, rovinava tutto. Miliukof, del governo, dissentiva sovente da lui. Egli era contrario, per esempio, alla rientrata in Russia di tutti gli esiliati dell'Internazionale. Diceva che si apriva la frontiera al «disordine». Pazienza, Plekanof. Egli era arcivecchio e afono. Era uno dei primi marxisti russi inaciditi. Vomitava ingiurie su Lenine, disfattista. Pazienza Kropotkine. Egli era maturo per il sepolcro. L'Inghilterra lo aveva imborghesito facendogli largo nelle riviste londinesi. Ma Lenine e Trotski erano due uragani, due sommosse, due rivoluzioni ambulanti, due anticristi della distruzione. Non rappresentano che dei lavoratori. Sono due manifesti rossi. Ambiziosi, diceva un altro ministro. Volevano il trionfo della rivoluzione proletaria per darci lo spettacolo d'una Russia sotto la loro dittatura. Senza di loro il governo provvisorio non avrebbe avuto che operai e contadini a battere le mani e a sgolare la loro approvazione.

Kerenski sentiva il mormorio, ma restava sempre della sua opinione. Come ha fatto per la salvezza dell'imperatore, ha fatto per i membri dell'ultimo governo czarista. La gente urlava per la sua testa e lui taceva e ignorava.

Lo Czar era a Tolbosk. E i suoi collaboratori erano nelle celle di Pietro e Paolo. Che cosa vi facevano? Nessuno lo sapeva. Kerenski si illudeva. Credeva all'oblio del pubblico. Invece il popolo a gruppi girava intorno alla bastiglia e si piegava come per origliare e sapere se le verghe dell'antico regime servivano anche per le carni dei castigatori del passato impero. C'era sete del loro sangue. Avevano martirizzata la Russia. Buttato nella disperazione migliaia di famiglie e dovevano perire. Avevano tolto agli ebrei perfino il diritto di morire. Frustati, buttati dalle finestre, massacrati dalle organizzazioni poliziesche. Gli ex carnefici che avevano fatto discendere nel sepolcro protetto dalle alte muraglie i migliori del pensiero russo, dovevano morire in pubblico come i malviventi della Corte di Luigi XVI.

Il colpevole era dunque Kerenski. I sostenitori del despotismo erano stati messi tutti assieme, l'uno nella cella accanto all'altro, perchè potessero comunicarsi e tramare un'altra volta una strage dei rivoluzionari. Si citavano i nomi. C'erano Sankhomlinof, il concussionario e il protettore di Miassoiedof, massacratore; Schuturmer, il traditore, l'autore dello schiacciamento della Rumania; Protopopof, il genio del male dell'ultima fine del regno di Nicola, l'atroce individuo che aveva ricevuto 350 mila rubli per lo sterminio del proletariato. Poi venivano due donne, due rifiuti umani, due megere, due cortigiane scese al livello delle bestie: la Vyrubov, l'amante equivoca di Rasputin e la triste consigliera di Alessandra Feodorovna e Caterina Soukhomlinof, mercantessa di influenza. E poi altri. Ma non molti. Kerenski non ha saputo o non ha voluto mettere le mani su tutti gli omicidiarii dell'impero. Il solo pesce grosso che non sia sfuggito alle maglie rivoluzionarie fu l'ufficiale della gendarmeria Sobiéchtchansky, il carnefice di Pietro e Paolo, colui che bastonava e torturava con le cinghie sulla faccia, con i ferri ai polsi e alle gambe e con tutte le punizioni corporali i prigionieri politici. Con lui i prigionieri di Pietro e Paolo non potevano coricarsi che gridando ogni sera: Dio protegga lo Czar! Il cane infliggeva tutti i supplizi!

Per la parte topografica la famosa fortezza Pietro e Paolo è una massa granitica alta, in faccia al Palazzo d'Inverno, sede della Corte Imperiale, dal quale ogni mattina il monarca sapeva che i suoi nemici infernali soffrivano le pene dell'inferno. Il sinistro edificio è piantato su un isolotto della Neva come un simbolo dell'autocrazia. I prigionieri dal fondo delle celle contavano le ore e le mezz'ore della campana dell'orologio della cattedrale, dove sono i sepolcri delle tigri della famiglia Romanov, e si ripercuotevano nella testa dei sepolti vivi. Si penetra nella fortezza per un ponte levatoio, si gira l'alta muraglia il visitatore si trova a faccia a faccia con un'altra muraglia nel mezzo della quale è una porta di ferro massiccia, che si apre con una grossa chiave e si richiude automaticamente confondendosi internamente con la muraglia. Si entra e si passa su un piccolo e oscuro corridoio a sinistra e si vede un edificio pure massiccio, di un piano, che dà l'impressione di una fortezza circondata da una palizzata di ferro lunga, umida, sudario di pietra degli avversari dell'assolutismo. Nome atroce nella storia russa. Le celle del piano terreno sono a una profondità di un metro o un metro e mezzo della Neva. Così trasudano e mietono i prigionieri insofferenti di umidori. Un'altra porta pesante e si incontrano le sentinelle e i carcerieri, con i loro berretti duri e neri. Lungo il corridoio a destra e a sinistra sono le 80 celle chiuse dai quadrati di ferro e dai catenacci enormi. L'occhio di bue tortura il prigioniero sepolto come in una bastiglia.

Pietro Kropotkine, che ha avuto il fratello deportato e morto in Siberia, è stato in Pietro e Paolo: «Mi si condusse in una cella la cui pesante porta di ferro si chiuse su di me con suoni lugubri che risuonarono sotto le vôlte. Udii distintamente il fracasso dei catenacci e della chiave nella serratura. Rimasi solo nell'oscurità. L'alta finestra chiusa al difuori dalle spranghe di ferro, infisse in una muraglia di un spessore di cinque piedi. Non vedevo più che un quadrato di cielo. Capii che ero in uno dei bastioni della fortezza. La mia cella era dunque una casamatta antica. Vivevo in un silenzio di morte. All'ora del pasto mi si passava una pessima zuppa e un pezzo di pane nero. Vi rimasi due anni. Caddi ammalato. Passai in un Ospedale».

Non la si finiva più con Kerenski. Egli era una discussione quotidiana. Tutti s'aspettavano da lui atti prodigiosi. Un giorno gli è capitato il generalissimo elevato da lui, a 42 anni. La benemerenza per il vecchio parlamentare e per il ministro della guerra era un calcio insurrezionale, una rivolta militare, un'insurrezione in piena regola. Kerenski agitava i pugni. Kornilof, sotto il berretto del rivoluzionario, era un disgraziato che sentiva l'antico regime che non gli aveva mai dato che il posto di colonnello. Egli era una specie di Boulanger della repubblica francese, ai tempi della grande corruzione politica e finanziaria. Sognava di penetrare in Pietrogrado, alla testa di un esercito che gli avrebbe dato modo di inscenare una dittatura militare. Il primo dissenso con Kerenski fu la pena di morte. Egli la voleva ripristinare. Senza di essa non rispondeva più dell'armata. La libertà data agli eserciti di terra e di mare era uno sproposito. Senza pena capitale egli non vedeva che ammutinamenti, che soldati contro gli ufficiali, che riottosi, che indisciplinati, che disertori. I soldati russi dell'ambiente kerenskiano avevano dato lo spettacolo in Francia, a La Courtine, di ammutinamenti senza esempio. Nessuno di otto o nove o dieci mila uomini, ha valuto riprendere il fucile. Erano stufi di ammazzare e di farsi ammazzare. Per l'onore militare si sono messi in moto generali francesi e russi. Niente. L'onore nazionale non li ha commossi. Non c'è stato che il cannone che li abbia smossi. A cannonate si sono fatti rientrare nell'orbita militare. Si è dato ad essi l'ora dell'ultimatum. O cedete domani, 3 settembre 1917, alle dieci del mattino, o sarete sotto il fuoco rapido c fitto delle artiglierie. Tre giorni è durato il cannoneggiamento. Il massacro veniva sospeso a ogni alzata di fazzoletto bianco. Gli ultimi della resistenza sono stati 150. Vennero liquidati il giorno 5. In Russia, peggio. I soldati si ubbriacavano. I soldati uccidevano i superiori. I marinai buttavano in mare gli ufficiali. Con l'indisciplinatezza avevano disimparato a fare il soldato. Padrone della pena di morte, Kornilof ne fece fucilare simultaneamente, in blocco, 500 e sulla loro buca collettiva vi ha piantato questo cartello: «Questi uomini furono traditori della patria e della rivoluzione».

In tempi in cui i soldati morivano a centinaia di migliaia, accavallati a montagne, come è avvenuto in Francia, non v'era da commuoversi. Migliaia più, migliaia meno non contavano nella somma. Non si erano commossi che i massimalisti, antiguerraioli. Kornilof, trionfante, aveva dato la stura alla bottiglia del suo orgoglio. Lavorava sott'acqua. Demoliva la grandezza di Kerenski. Minacciò una cavalcata fino al centro di Pietrogrado. Voleva esserne il dittatore. Si sarebbe presentato come un Cromwell moderno. La sua perplessità, dopo la minaccia verbale, lo ha perduto. Kerenski lo ha preceduto, lo ha sopraffatto, lo ha chiuso in un cerchio di baionette «come ribelle e traditore della patria». Lo ha fatto arrestare e lo ha inviato a venti ore dalla capitale, nella carcere di Buikhof, sulla linea di Kiew, dove erano altri due generali, il generale Doukonine e il generale Orlof.

Un altro ministropresidente non avrebbe tollerata viva la testa del traditore Kornilof, quello che aveva rimesso in vigore il codice militare, che aveva tentato un colpo di stato e che voleva distruggere i Soviets, l'avvenire. Egli, è naturale, è stato biasimato per la sua bontà nelle assemblee. In rivoluzione non si transige. Un generale, per esempio, come Doukonine, la personificazione del terrorizzamento militare, l'uomo tetro che ha sempre un pretesto per fucilare qualcuno dei reggimenti al suo comando, non può vivere in ambienti di rivoluzione militare. Lo si è veduto. Le guardie rosse non hanno potuto impedirne il massacro. Egli era a Noghileff, sede del quartiere generale. Era già deposto e in custodia. Doveva essere sostituito dal sotto ufficiale Krilenko. Giunto il sostituto, intorno all'assassino gallonato si addensò una folla armata di fucili. I soldati indossavano cappotti larghi e avevano in testa una variazione di berretti di tutti i colori. Erano un gruppo della guardia rossa dei massimalisti, il corpo scelto di Lenine.

— Compagni! — ha detto Krilenko ai soldati. — Fermatevi! Che fate? L'esercito rivoluzionario non è una muta di assassini!

Ma il generale ne aveva fatte troppe perchè il sangue non bollisse nelle loro vene.

Krilenko voleva consegnarlo al tribunale rivoluzionario, ma da Noghileff a Pietrogrado c'era della strada. I traditori fuggivano. «Dove era Kerenski? dove era Korniloff?», urlavano coloro che erano per la fucilazione senza indugio.

Non appena il generale si fece vedere allo sportello del treno che doveva trasportarlo a Pietrogrado, si udirono urla frenetiche che si addensavano sul capo di Doukonine. Traditore! Traditore! nemico del popolo! A colui che voleva aspettare il tribunale venne rimproverata la sua origine borghese. Sei uomini saltarono nella carrozza del treno, lessero al generale la sentenza di morte. Le guardie rosse lo spinsero fuori del vagone. Non gli si dette il permesso di giustificarsi. Due rivoltellate alla gola lo sbarazzarono della vita...

Noi siamo per il giudizio, anche se fosse presieduto da FouquierTionville, venuto a noi dalla grande rivoluzione francese come un cinico e un fanatico implacabile. Ma noi possiamo capire anche il giudizio sommario, quando una nazione si sveglia alla libertà dopo trecento e più anni di sudditanza a un trono che continuava a rappresentare l'«Etait c'est moi». Meglio Cartouche, meglio Mandrin, che la giustizia dei giudici dell'antico regime impersonato nei Romanov!

L'insensibilità apparente dei leninisti è in un altro fatto. Muore Giorgio Plekhanof, partigiano di una repubblica che non differisce gran che da una monarchia costituzionale. Il funerale fu un omaggio commosso delle classi colte e degli intellettuali antileninisti al celebre marxista dei primi tempi. Il suo ritorno in Russia non fu che un annuncio di due righe di cronaca. Egli era per la guerra e non aveva che sberleffi per Lenine e Trotski. Invitati i rossi a partecipare al funerale, il Soviet massimalista di Pietrogrado rispose: «Per noi è un anno ch'egli è morto». Così diceva in Italia il povero Molinari di Kropotkine: «Per me è morto da tanto tempo». La diversità è questa: quindici giorni dopo la morte di Plekhanof venne assassinato per le strade Volodarski, organizzatore di comizi leninisti, direttore di quasi tutto il quartiere industriale di Viborg. I rossi furono tutti sottosopra. Il loro cuore piangeva. I bolscevichi requisirono per i suoi funerali duecentomila rubli di fiori e le folle rosse si riversarono dietro il suo carro in 400 mila, come è avvenuto adesso in Parigi per la dimostrazione di Jean Jaurès. Il torto dell'exrosso fatto al rosso esaspera, indigna, indiavola. Le folle russe non potevano più affezionarsi all'oppositore del bolscevismo. Le folle parigine non hanno trucidato i giurati dell'assoluzione dell'assassino di Jaurès perchè hanno potuto manifestare il loro cordoglio in una forma solenne e civile. Senza questo sfogo avremmo avuto in giro le teste dei delinquenti del verdetto atroce.

Cito un altro caso che dà le antipatie e le simpatie di partito, anche quando il partito è quasi nazionale, come quello dei Soviets di questi mesi. Lenine e Trotski erano contro i socialisti patriotti e per una sollevazione contro Kerenski. Si trattava di rovesciare un governo ormai consumato fin alla corda. I bolscevichi si agitavano per una società di lavoratori. Lenine, il 30 ottobre 1918, si trovava a Mosca — sede e capitale del nuovo governo dove aveva concionato nella officina Michetson. Il fattaccio ha circolato per il mondo. Il vincitore di Kerenski parlava con alcuni operai. Una donna gli ha cacciato in corpo due proiettili.

La condizione del grande Lenine era grave. Arrestata la revolveratrice e saputa la notizia, la Russia rossa fu tutta in piedi. Il giornale leninista di Mosca era furibondo. Non è molto che siamo riusciti a sviare un attentato contro Zanovief, il governatore di Pietrogrado. Ieri è caduto Ouritzki, descritto dalla borghesia come un furente esecutore di ordini a mano armata. Lo si diceva un uomo che si alzava di notte a trasferire i prigionieri da una carcere all'altra, tirando colpi di fucile al dorso di chi lo irritava. Il Marat della rivoluzione russa si sbarazzava dei cadaveri buttandoli nella Neva, come si era fatto di Rasputin. «Arresto chi voglio e non ricevo consiglio da nessuno», diceva. Viceversa non era che un rigido commissario del popolo all'istruzione pubblica. Uscendo dal ministero dell'interno, accasato al Palazzo d'Inverno, mentre stava per raggiungere l'ascensore, un giovine gli tolse la vita con una rivoltellata.

Ritorniamo a Lenine. L'attentato ha imperversato l'opinione pubblica fino all'incendio. Nella notte stessa vi furono un po' dappertutto fucilazioni di rappresaglia. L'opinione pubblica non si è tranquillizzata che dopo la fucilazione della Kaplan.

Intermezzo.

Si sente che il bolscevismo è su di un terreno solido. Progredisce tutti i giorni. Ma come nella grande rivoluzione francese, nella grande rivoluzione russa i cambiamenti sociali producono i brontoloni, gli spostati, gli uomini e le donne che non vedono nei movimenti nuovi che disastri personali. L'ambiente vecchio non si lascia distruggere dal nuovo in un attimo. Fu così anche ai tempi della Convenzione. Alcuni si spaventavano, si coricavano o andavano a tavola con il veleno in tasca. Alcuni preferivano la morte furtiva del suicidio alla morte drammatica della fucilata. I gusti sono gusti. Così in Russia. I mutamenti tramutano i cervelli. C'è sempre gente che ritornerebbe all'antico regime. I morti causati dalla paura sono parecchi, ma non li mandiamo alla postertà, perchè sono Carneadi. La riottosità nella repubblica dei Soviets è stata quotidiana. Tutti i giorni uno, due, tre, dieci casi. Gli stessi portinai obbligati dalle polizie czariste a fare da informatori, da spie, da delatori degli inquilini delle case in custodia, si sono trovati a disagio nel nuovo regime per delle inezie. Alla vigilia del Primo Maggio il governo leninista aveva dato ordine che porte e finestre dovessero essere chiuse durante il passaggio del corteo proletario. Apriti cielo! Si scomodavano! Non erano abituati al disturbo. Non diciamo che si siano rivoltati, ma si tormentavano, non volevano occuparsene. Solo l'energia leninista li ha messi subito nella condizione di essere più giudiziosi. Ci pare che lo steso Taine abbia trovato nel passaggio da una società all'altra quest'ambiente di contraddizione. I pregiudizi sono terribili. Andate a Mosca, nella nuova capitale, nella città santa, dove si incoronavano gli Czar, dove si sono bombardate le guardie rosse e gli eserciti kerenskiani, e voi non riuscirete a svezzare le menti ortodosse dalle fole celesti e dai santi protettori. È una popolazione che ha vissuto in un cerchio di settantacinque chilometri di religione e si ostina a sciupare il tempo nelle preghiere liturgiche affollando le 450 chiese cittadine. Salvo la gente emancipata, la gente bigotta non si sottomette alla estirpazione della fattucchieria come all'estrazione di un dente. Resiste e rimane nel suo cretinismo. Bisogna vedere il chiasso che hanno fatto un po' tutte le popolazioni obbligate a fare posto nelle loro abitazioni alle guardie rosse o alle turbe dei nuovi impiegati municipali. Con Nicola, si curvavano. Arrivavano le truppe e si dava loro il vino migliore, le lenzuola odorose e tutti i conforti immaginabili. Con i soldati imperiali erano servizievoli, bonari, pronti a tutti i sacrifici. Senza l'ingiunzione dei maggioritari i santocchioni di questi giorni non avrebbero dato loro che parole sgarbate e virulente. A Mosca vi sono state molte beghe per gli spostamenti sociali. Correva voce che le statue dell'antico regime e più propriamente le statue imperiali dovessero essere demolite a martellate. Apriti cielo! Sono venuti in scena tutti i critici d'arte. Tutti gli Ugo Ojetti con le mani nei cappelli, giuravano che la posterità non avrebbe mai perdonato agli iconoclasti della rivoluzione bolscevica! Così il regno che ha detronizzato e bandito i Romanov è stato obbligato a curvarsi allo sconcio di vedere sulle piazze o nei quadrivii Ivan il Terribile, Pietro il Grande, Alessandro II, Alessandro III, Nicola II e tutti gli altri personaggi di un trono sconquassato. Fu una viltà. Perchè non sono ancora nella Neva i sarcofaghi dei signori Romanov? Per la solita condiscendenza ai soliti scalmanati della conservazione storica. La razza non è estinta che buttando via tutto l'esibizionismo monarchico offerto all'adorazione o al culto degli asini. Non sappiamo ancora come la pensino sugli imperatori di granito Lenine e Trotski. Sappiamo solo che le moltitudini hanno fatto a tocchi la brutta figura del generale Skobeleff, di infame memoria, mentre è stata lasciata intatta quella di Alessandro III, il più spietato livragatore di giornali del suo regno. Con lui la stampa era incatenata, l'indipendenza della stampa era il bavaglio. Pietro il Grande lasciava che giungessero folate di libertà di stampa dalla civiltà occidentale e Alessandro non faceva che respingerle. Tuttavia non è stato possibile fondere il bronzo della statua di un tiranno per creare un personaggio più degno di monumentazione. La statua di Alessandro III è vicina alla chiesa del Salvatore, dove i pasquaioli fanaticamente gridavano: «Cristo è risorto! In verità egli è risuscitato!» Stupidi! Le contraddizioni fra un periodo che cade e un periodo che sorge sono immense. A Mosca si rende omaggio alle madonne, ai santi, agli czars. A Pietrogrado, invece, si processiona con i motti sulle bandiere rosse del Primo Maggio: «Viva l'Internazionale! Viva la risurrezione della Russia popolare e indipendente! Viva il diritto del popolo!» La censura, tanto odiata in borghesia, non ha subìto la strage che si sperava e meritava in .rivoluzione. Non si capisce un cervello che fruga in quello degli altri per buttar via i pensieri che non sembrano adatti all'ambiente in cui si vive. I sognatori della libertà di stampa si sono dimenticati che la libertà è sinonimo di verità, hanno scritto i leninisti. Una notizia falsa può costare la vita di un popolo. I giornali della prima e della seconda capitale servili rendevano servigi ai passati padroni. In rivoluzione non hanno saputo acconciarvisi. Dicevano il contrario di quello che avveniva. Coniugavano un verbo per un altro. Requisire diveniva sotto la loro penna «rubare», dividere o sequestrare, appropriare, truffare e simili. Tutti i giorni fomentavano il disgusto per il cambiamento della forma governativa o sociale. Che fare per vivere in pace con le teorie della libertà dì stampa? Lenine o Trotski ha incominciato con la persuasione. Poi si è provato con le multe. Poi li ha sospesi a tempo. Poi li ha fatti scomparire completamente con una razzia generale. Giornali che a poco a poco andavano all'assassinio dalla Repubblica sociale non potevano subire nelle ore rivoluzionarie che la pena di morte. Il vilipendio personale, passi. Ma l'urlo al furto tutte le volte che i Soviets s'impadroniscono di una banca, è mettersi nel girone dei massacrabili. Il governo di Lenine e di Trotski ha dovuto violentare se stesso e fare il mestiere boiaccia di Alessandro III, mandando i giornali della controrivoluzione nei loro ambienti naturali. Si è fatto così anche durante la grande rivoluzione francese. Il direttore del Père Duchesne, che andava in collera in un ambiente giacobino per suscitare il leninismo di quel tempo, ha subito la ghigliottina. Pare che nei periodi insurrezionali la libertà di stampa non possa acclimatarsi. Nessuno capisce che la libertà di stampa in tempi come questi, deve circolare nell'ambiente socialista e non nell'ambiente capitalista o borghese. La esperienza è questa. Noi la registriamo.

Lenine ha dovuto sopprimere, l'uno dopo l'altro: Nach Vieck, Rietch, Novy Loutch, Nach Gazetta, Vperod, Vsegda Vperiod, Vetchernaia Zaria, Viola Nachi Wiedomosti, Narodnoe Slovo, Rodina e molti altri. A centinaia. Erano canaglieschi. Inventavano notizie. Un fuscello diventava una trave. Un cadavere di procuratore, diventava il crollo del bolscevismo, come quando è caduto il conte di Mirbach, ambasciatore tedesco. Gorki dà fuori, perde la pazienza, scrive articoli veementi o collerici contro i due direttori del nuovo regime, ed ecco che tutta la stampa avversaria si impadronisce delle sue parole, s'appende alla fune dei campanili borghesi e suona a funerale. Il bolscevismo ha un piede nella fossa. Allora bisogna che una Pravda (Verità) diventi ufficiale, che in ogni provincia ne nasca una per la salvezza della documentazione rivoluzionaria. In fuga dunque i becchini del giornalismo.

Le contraddizioni fra un regime e l'altro sono eterne. Nessun giornale borghese, in tempi czaristici, si è mai curato dei paria della terra. Li hanno lasciati vangare e vangare facendo una vita da bestia da soma. Con Nicola e col padre di Nicola, i settanta o ottanta milioni di coltivatori pagavano circa il 90 per cento sui prodotti e tutti gli scribi si acconciavano alla dottrina cristiana del quieto vivere. Adesso, divenuti padroni dei terreni che coltivano per una esistenza elevata, gli scribi venduti descrivono i villani e i paesani come gente che bascisce sulla marra. Ah, canaglie! Trotski, segretario di stato per gli esteri, non ha transatto con la stampa borghese. Il giornalista borghese che bussasse al suo uscio viene mandato via. Non viene ricevuto. Dite al tale, diceva a chi glielo annunciava, che non lo ricevo. Ne ho abbastanza delle sue corrispondenze all'Illustration o al Temps o al Figaro di Parigi o al Corriere della Sera di Milano o al Giornale d'Italia di Roma! Per loro, noi massimalisti, siamo gaglioffi, usurpatori, grassatori, plebe da macello, pazzi da manicomio e via.

La sede governativa in Mosca è una fortezza dove risiedono Lenine e i commissarii del popolo. Nessuno entra, specialmente dopo l'attentato, senza permessi speciali. L'edificio granitico è custodito e sentinellato dalle guardie rosse. Prima di giungervi bisogna passare da due posti di controllo e presentare delle carte in regola. Non ci si presta due volte per il coltello o la rivoltella. Tuttavia c'è sempre una moltitudine che fa coda come alle botteghe in tempi di carestia. La fortezza contiene cannoni imperiali di 39 mila chilogrammi. In alto è una campana incredibile dei tempi dell'imperatrice Anna. Basterebbe essa sola per inondare una nazione di monete di rame. Pesa 262 mila chilogrammi. Qui è dove si capisce che la demolizione delle statue non è ancora entrata nel cervello rivoluzionario. La statua di Alessandro II, assassinato dai nichilisti, è sotto l'ampio baldacchino sorretto da colonne di bronzo, e tutta nascosta da un ampio velo fitto e nero. Il falso liberatore non è più visibile ai visitatori. In un'altr'ala è il ministero della guerra — sede governativa di Trotski — il quale, giorni sono, ha passato in rivista la truppa rossa. Egli occupa un superbo edificio che fu di un pittore russo che vi ha lasciato una collezione di acqueforti e dei quadri di valore. Il nuovo ministero di Trotski è di mattoni rossi, costruito in uno stile modernissimo e veramente russo, ornato di disegni di ceramica, dai colori scarlatti. Le scale sono larghe, lungo le quali scorre una balaustrata. I muri sono tappezzati di carta chiarissima. Il numero dell'ufficio che mette nell'intimità di Trotski è il 30. Ammobigliato modernamente. Tutto è ampio. Parquets di quercia. Finestroni dai quali si vede tutta Mosca. Illuminazione a profusione. Riceve chi riceve. I rifiuti non sono manipolati dall'ipocrisia.

— Dite al signore che non lo ricevo.

Uomo eminentemente d'azione, pur essendo un intellettuale calmo. Non conosce furori parossistici e non ha bocca per gli insulti. La cronaca borghese ne ha fatto fuori un linciatore con in mano la nagaika del cosacco. Sciocchi! I massimalisti sono tutti possessori di questa preziosa qualità mentale. È lui che ha voluto che la sovranità risiedesse nei Soviets e che il Comitato centrale fosse esecutivo. Lenine qualche volta è più rigido di lui. Lo abbiamo veduto quand'egli ha strappato le penne di mano ai giornalisti borghesi. Non dovete più scrivere! Con lui i giornali della Rivoluzione bolscevica sono aumentati sotto un controllo che non conosce eufemismi. I giornali ufficiali sono le Izvestia, la Pravda e l'Operaio del Soldato per la sera. L'opposizione educata non è stata soppressa. Vivono il Dielo Naroda, la Gazzetta Operaia, la Volta Naroda, l'Edinosvo.

Un ordine del giorno di Trotski al fronte e inviato al Comitato centrale dà la sua fisionomia intellettuale:

«La Russia rivoluzionaria e il potere dei Soviets hanno diritto di essere fieri del loro distaccamento di Poulkovo in marcia, sotto il comando del colonnello Walden. Gloria immortale a coloro che sono caduti! Gloria ai combattenti della rivoluzione, ai soldati ed agli ufficiali fedeli al popolo!

«Viva la Russia rivoluzionaria, socialista e popolare!»

Dal giorno che Lenine e Trotski si sono impossessati del potere, la mediocrazia dei verbosi sterili è stata come sepolta. Con loro l'anima turbinosa della vera eloquenza nutrita di idee fece altri voli.

Chi non vive di pregiudizi e di odî di partito ammette subito la superiorità dei due nuovi costruttori. In un fiato hanno disperso i kerenskiani. I membri della Duma che volevano correre a Mosca ad agitarla per l'uomo in fuga (Kerenski) non hanno potuto parlare. Il presidente del Comitato dei contadini ha dovuto nascondersi. I ministri borghesi sono stati chiusi subito in prigione. Gotz è scappato. Bourtzef — il famoso smascheratore di poliziotti in veste di rivoluzionari — in gattabuia. Molti altri o conosciuti o celebri, per evitare l'arresto dovevano cambiare domicilio ogni sera. Non si è perduto tempo. Due controtorpediniere e una torpediniera giungevano in porto in nome dei rivoluzionari, e il Tribunale bolscevico aveva i giudici al lavoro di collaborazione leniniana. È bastata una notte perchè Lenine e Trotski mettessero in dissoluzione cinque commissariati del popolo per far posto ai massimalisti. Non avevano fatto che quello che aveva fatto Kerenski. Tuttavia sono stati subito messi in giro come terroristi! Vincere con l'orologio alla mano per disfarsi dei nemici, è considerato dalla mediocrazia kerenskiana del terrore. Proconsoli! È che in loro sono la forza, l'energia e l'intelligenza. Un giornalista borghese ha scritto: Si potrà dire tutto della rivoluzione russa. Non la si potrà accusare di lunghezza. La situazione cambia di ora in ora. Gli avvenimenti si succedono vertiginosamente. La libertà di stampa è stata abburattata dalla violenza verbale. Ha dato ai più eminenti dei Comitati una discussione che ha fatto intervenire le due sommità del bolscevismo. Qualcuno ha affermato che la stampa deve essere libera. Gli si è subito risposto che la libertà di stampa deve avere un altro significato nella bocca di un socialista. La rivoluzione che si compie in questo momento non esita a mettere la mano sulla proprietà privata individuale ed è su questo punto che bisogna esaminare la questione della stampa. La chiusura dei bottegai del giornalismo borghese non è stata fatta solo per delle necessità militari nel momento della sollevazione, ma essa costituisce pure una misura di transizione alla scopo di stabilire un regime nel dominio della stampa, regime sotto il quale i proprietarii delle tipografie e della carta non potrebbero essere i fabbricatori onnipotenti ed esclusivi della opinione pubblica. Bisogna perciò procedere alla confisca delle stamperie particolari e delle riserve di carta che devono divenire proprietà del Soviets della capitale e delle provincie, se i partiti devono avere i mezzi di stampare. Il ristabilimento della sedicente libertà di stampa, vale a dire il ritorno puro e semplice delle tipografie e della carta ai capitalisti, avvelenatori della coscienza pubblica popolare, costituirebbe una capitolazione inammissibile davanti la volontà del capitale, la resa di una delle conquiste più importanti della rivoluzione, altrimenti detta una misura di carattere controrivoluzionario.

Nessuno ha voluto il ritorno all'ancien régime. Trotski è andato più in là. È stato sublime. Ha portato sulla questione un faro di luce. In generale il diritto della libertà di stampa è degli oppressi. Quando la violenza è praticata dagli oppressori è immorale (cannibale!). Confiscate tutte le stamperie. I socialisti moderati gli gridarono di confiscare la tipografia della Pravda. Lui non si è lasciato intimorire. Ha soggiunto che il còmpito dei bolscevichi consiste nel trasformare le sorgenti e i mezzi di stampa in proprietà collettiva. Ogni gruppo di cittadini deve avere diritto alla stamperia e alla carta. Il monopolio della borghesia sulla stampa deve cessare. Senza di questa sarebbe inutile prendere il potere. Se nazionalizziamo le banche, possiamo tollerare l'esistenza dei giornali avversarii e dei banchieri? Il diritto ai caratteri di tipografia ed alla carta appartiene prima di tutto ai contadini ed agli operai, dopo ai partiti borghesi che sono in minoranza. L'antico regime deve morire. Bisogna capirla una volta per tutte. (Uragani d'applausi). Io constato che i soldati sono con me (grida dei socialisti di sinistra). Voi fate della demagogia! Circo moderno! Mi si grida. Circo moderno! Ora io affermo che ripeterei le mie parole davanti ai soldati. Io non ho due maniere di parlare.

Lenine dice che la guerra civile non è ancora terminata. Noi bolscevichi, abbiamo sempre detto che giunti al potere avremmo soppresso tutti i giornali borghesi. Tollerare i giornali borghesi significa cessare di essere socialisti. Quando si fa la rivoluzione non si può tenere il piede in due scarpe. O rinculare o andare avanti. Colui che parla di libertà di stampa torna indietro e arresta il treno che corre a tutto vapore verso il socialismo. Noi abbiamo scosso il giogo della borghesia come la prima rivoluzione ha scosso il giogo dello czarismo. Se la prima rivoluzione aveva il diritto di eliminare i giornali czaristi, noi abbiamo il diritto di eliminare i giornali borghesi. Non è possibile separare la questione della libertà della stampa dalle altre questioni della lotta di classe. Noi abbiamo promesso di eliminare questi giornali e noi lo faremo. L'immensa maggioranza del popolo è con noi. Lavoratori, rompetela con l'antica libertà della stampa. È un'arma per Kaledine.

Lenine, dal giorno dell'ascensione dei bolscevichi era dappertutto e in ogni luogo. Lo si sentiva, lo si discuteva, lo si esaltava, lo si demoliva, lo si sconciava. Uno dei suoi sconciatori fu Bourtzef, il vecchio smascheratore di spie czariste nei panni dei rivoluzionari. Egli lo paragonava su per giù a una specie di Azev. Egli era Kerenskiano. Non tollerava altri. È naturale che venisse agguantato per il collo e precipitato in una prigione. La vecchiaia non dà diritto alla calunnia. I biasimatori di Kerenski per avere dato il permesso a Lenine e a Trotski di rimpatriare sono molti e in aumento. Essi vedono nella concessione il disastro del governo provvisorio. Baie! Sono i soliti rimpianti. Una nazione non è una famiglia o una casa privata. Per il passaggio da una frontiera non deve essere necessario la strada piantonata di doganieri. Non è necessario la vidimazione del passaporto. Lenine incarnava il movimento. Il tempo della rivoluzione politica era finito. Doveva venire necessariamente quella sociale, quella che esclude le due camere parlamentari per una federazione di Soviets.

C'è gente che crede i bolscevichi razzapaglia uscita dalle rattaie — scusatemi il neologismo — sociali. No, no, essi non pescano nelle acque torbide. Hanno tutti un passato. Lenine è uscito dai nidi della nobilità ereditaria. Sono tutti o quasi universitarii e tutti sono trilingue, quadrilingue. Taluni ne parlano e ne scrivono cinque o sei. Hanno tutti veduto il sole a scacchi. Molti sono stati in Siberia. Molti subirono più volte le Bastiglie.

Il vero nome di Lenine è Vladimiro Llitch Oulianov. È nato il 18 aprile 1870. Suo padre era direttore di scuole a Simbirsk e fu consigliere di Stato. Cresciuto, studiò legge all'Università di Kazan. Durante la vita studentesca flanellava e concionava nei caffè come Gambetta. Era in lui il seme del giustiziere della borghesia. Fu il suo incubo. Leggeva molto. Non appena a Pietroburgo si buttò a capofitto nei movimenti operai. Con la foga della convinzione riuscì a costituire una federazione per l'emancipazione dei lavoratori. Come tutti gli agitatori dei tempi di Nicola, fu mandato in catena a scontare cinque anni di Siberia. Scontata la pena corse a Londra ove, in mezzo a un Congresso di russi democratici, composto di mensceviki (minoritari) e di bolscevichi (maggioritari), ottenne la maggioranza, e ne divenne il capo. Aveva allora 33 anni. L'aiuto di Trotski data da quel giorno. Dal 1905 vediamo l'uno e l'altro sempre assieme. A Mosca, la capitale moscovita, costituirono il primo Soviet.

In Russia, ai tempi dello Czar, non si poteva essere che talpe o eroi. Il suo fratello Alessandro è stato appeso l'otto maggio del 1887 per l'attentato contro Alessandro III, nella fortezza di Schlusselburg — la più terribile delle bastiglie russe.

I maldicenti, compreso Boutzef, vorrebbero mettere Lenine a contatto con la polizia politica chiamata Okhrana, una organizzazione poliziesca terribile. Essa sola è stata una perturbazione sociale. C'è una nota di Lenine che dice: «Non è l'Okrana che si è servita di noi. Al contrario. Siamo noi che ci siamo serviti di lei». Si sa che in Russia, ai tempi degli ultimi czars, la polizia costava allo Stato ingenti somme di sola corruzione. Si può dire che non c'era quartiere senza spie. Ne nascevano decine tutti i giorni. Diciamo male. Non c'era quartiere senza spie. Spia il portinaio, spia il vetturale, spia il barbiere, spia il cameriere, spia la donna di servizio, spia la sarta, il cappellaio, il calzolaio, il lattaio, il prestinaio. Lo spionaggio era una istituzione statale. Tutti spie. Ce n'era per la coniugazione di un verbo intero. Io sono spia, io ero spia, io sono stato spia. E via e via.

I ministri non erano che capi di polizia. Lottavano con l'opinione pubblica al dorso della polizia monturata o vestita in borghese. Plehve, come abbiamo detto, fu il più terribile. Il pensiero più gentile che egli abbia avuto è stato questo: «Voglio annegare la rivoluzione nel sangue degli ebrei». I suoi progroms hanno indemoniato tutta l'Europa e tutte le Americhe. Gli ebrei, per lui, erano dei cani rognosi. Egli ne ha torturati sei milioni. Fu atroce. Ne fece «progromizzare» delle migliaia. L'odio per gli ebrei fu di tutti i ministri. L'antisemitismo imperiale era negli esecutori dei massacri. A Lodz perirono tanti ebrei da superare tutti quelli uccisi sulle barricate di Europa. Il despotismo con gente simile era sovrano. L'assolutismo trionfava dovunque.

Le escursioni fatte da Stepniak nel mondo sotterraneo, fanno fremere. Egli ha dovuto tremare. Grida di terrore giungevano al suo orecchio. Rantoli di morenti, risate frenetiche di giovani impazziti nelle mude dei Romanov. Ah che inferno! Le università erano tutte affollate di spie. Una polizia spiava l'altra. E quando tutte le caserme erano spiate, quando si credeva che i capi delle diaboliche organizzazioni erano spiate, c'era ancora una organizzazione che spiava per conto dello Czar. La moglie spiava il marito e il marito la moglie. Il maggiordomo era una spia. Il grande personaggio di palazzo una spia. Non c'era tregua allo spionaggio. Rasputin era una spia. Che nazione, la nazione degli Czars! Meglio la corda del boia.

Adesso la gente russa, pur essendo entrata nell'ambiente della purificazione, si sente un po' poliziotta, un po' spia. È la persecuzione della tradizione. Non ci si lava dell'antico regime in pochi minuti. Ci sono lazzaroni che denunciano il «dittatore» come una spia. Vogliono che sia anche lui uno spione. È una malattia che bisogna guarire coi contravveleni.

Nessuno degli studenti dell'Europa occidentale ha subìto le persecuzioni degli studenti russi. Bastonati, frustati, mandati nelle galere o appesi alla corda del carnefice. Il ministro Schipjaghin — l'autore della bastonatura di Kiew — è stato giustiziato dallo studente Balmaschef.

L'entrata in Russia di Trotski in un vagone piombato della Germania, ha fatto rimettere in circolazione tutta la bava poliziesca. Chiunque, in quel tempo, non poteva andare in Russia che in vagone piombato. Era una protezione per i non combattenti. Il trattato di BrestLitowsk ha inviperito tutti i signori della guerra ad ogni costo. Vedono in Trotski una vigliaccheria. Egli si sarebbe venduto al tedesco. Invece non fu che lo sviluppo e il soggetto della teoria leniniana. La cessazione della guerra e la fraternizzazione militare. Calunnie! Calunnie! Non si diventa criminali senza portare in se un quintale di delinquenza.

Ritorniamo alla superficie del leninismo. Kerenski accusava il leninismo del disfacimento militare. Il disfacimnto era del resto nelle cose. La condizione delle truppe si era fatta sentire all'abdicazione, proprio come quando Napoleone III consegnava la spada al re di Prussia. Kerenski, idealista e patriotta, continuava a rincorrere il leninismo nell'esercito con vampate di rettorica. Ma il leninismo gli sfuggiva. C'erano sul registro otto o dieci milioni di soldati che avevano presa la via del ritorno. Era la caccia di tutti gli eserciti. Coloro che venivano sorpresi con la bocca piena di antipatia per la guerra, perivano. Così è avvenuto che i soldati a poco a poco si sfogavano sui superiori. Li fucilavano, li buttavano in mare.

Come negli ambienti militari, è avvenuto negli ambienti industriali. Fu come una simultaneità di linciaggio americano. Veduta la bestia feudale nell'atmosfera rivoluzionaria, il furore delle masse è andato al parossismo. La storia militare era la storia delle officine. Lotta identica fra superiori e inferiori, tra coloro che comandavano e coloro che ubbidivano. In tempo di schiavizzazione le moltitudini subivano l'oltraggio di essere considerate di ferro. Guai al ritardatario per dei dolori di capo o degli accidenti della esistenza. L'operaio doveva essere un orologio, la puntualità in cammino, una macchina dai movimenti automatici, un essere insensibile a tutte le ingiurie, a tutte le multe, a tutti i castighi, a tutti i licenziamenti, a tutti gli orari della quindicina.

Nell'atmosfera czaresca tutto era uniforme. Nessuno era cittadino. Tutti erano schiavi. Negli stabilimenti imperava il vassallaggio. La dominazione padronale si estendeva su tutti i subordinati, su tutti i sudditi del lavoro. L'oppressione era nell'aria. L'oppresso la sentiva nelle spalle. I capifabbrica non erano correttori di mestiere. Erano i mastini dei proprietari. Rigoristi implacabili, demolitori della classe soggetta, oltraggiatori dell'umanità. Nessuna bontà in loro, nessuna considerazione, nessuna scusa. Erano del feudalismo in azione, della tirannia ambulante, degli sgherri di fabbrica, che non sentivano che l'egemonia operaia era alle porte dei Poutiloff del regno.

E allora? Tutti abbiamo letto le sollevazioni dei negri contro i bianchi. Sono torrenti di colorati che sentono la forza della loro unità, del loro affratellamento. Si ricordano dei loro sorveglianti che li bastonavano o li caricavano dei ferri della schiavitù, che li nutrivano come bestie da soma e si voltavano indietro e li urtavano e li calcavano gli uni sugli altri e li linciavano come la massa americana lincia i bianchi e i neri del vituperio sociale. I capifabbrica del grande stabilimento russo si sono trovati circondati dalle loro vittime accese, convulse, con la testa piena delle loro ingiustizie. Ne nacque quello che doveva nascere. I più ignobili, i più abbietti, i più spietati sono passati dagli urti ai pugni, e dalla colluttazione alla lanterna, come gli aristocratici della Rivoluzione francese.

La diceria borghese ha diffuso per il mondo che vi fu una specie di SaintBarthelemy, perchè molti dei capifabbrica e dei direttori non sono più reperibili. Ma essi saranno indubbiamente tra i fuggiaschi. Molti di loro si faranno vivi non appena la Russia entrerà nella calma. I cadaveri che si sono trovati appesi ai lampioni non saranno stati in tutta la Russia otto o dieci. Così ha detto anche Vandervelde che se ne è occupato. Una popolazione di centottanta milioni che vi dà in un momento rivoluzionario un numero così esiguo di appiccati alla lanterna, può dirsi pacifica, buona, mansueta.

Lenine e Trotski «dittatori e terroristi».

Non c'è da meravigliarsi. La borghesia è sempre la stessa. Parli una lingua europea o moscovita. Quello che è delitto per il suddito non è per il sovrano. Carlo I si rivolta contro il paese con le armi alla mano, tenta di sopprimere le libertà parlamentari, e i deputati gli mettono il collo sul ceppo del carnefice e lo restituiscono al Dio che gli aveva dato il potere di livragare la gente che non voleva rinunciare ai propri diritti. Ed ecco che l'aristocrazia chiama i cromwelliani mucchi d'assassini! Il sanculotto passa attraverso la stessa scena. I repubblicani del Portogallo atterrano quella figura losca di libertino che giustiziava l'opposizione negli intervalli che gli lasciavano le bagasce parigine, e i monarchici non pensano che alla vendetta per riagguantare il potere. Così è nel regno di Lenine e di Trotski. C'è tutta una biblioteca contro Nicola II. Non c'è museo criminale che non ne esponga la figura sanguinaria, come figura centrale del gruppo lubrico di ZarkoieSelo. E l'aristocrazia e la borghesia degli ambienti signorili lo difendono come un debole. Non si ricordano. Sono come smemorati. Non si ricordano più delle catene degli intellettuali avviati alla morte lenta in Siberia, della gioventù punita con tutti i castighi, delle frustate nel sepolcro dei vivi, delle galere, della corda del carnefice; del proletariato massacrato ora dai cosacchi, ora dalla gendarmeria e ora dalla polizia. Tutto questo è niente. Nicola imperatore per loro è rimasto indiscutibile. È lui solo che pensa alla «felicità» di centottanta milioni di sudditi. Domani è sorpreso dalla bufera rivoluzionaria. Lo si arresta, lo si giudica e lo si ammazza come una belva che si forbiva le labbra del sangue che versavano i suoi cortigiani, i suoi lacchè e si grida a squarciagola che si è compiuta non una giustizia, ma una vendetta! Se fosse, non sarebbe più che giustificata? In rivoluzione non si è santi. À la guerre comme à la guerre.

I suoi alti servitori fuggono e gridano dall'Europa continentale all'assassinio bolscevico, ai banditi del bolscevismo, ai Gasparoni della rivoluzione. Ah no, signori, voi vi siete serviti troppo degli scribivendoli che vi facevano l'opinione pubblica, che vi facevano assolvere dai mostruosi delitti che compivano i satrapi delle provincie incaricati di devastare i campi umani.

La storia non è più fatta da voi. Se Lenine e Trotski avessero seguìto l'andazzo delittuoso di Kerenski avrebbero meritato dai posteri la forca. Così, no. La storia della grande

Rivoluzione francese è stata ripresa dopo la fucilazione dello Czar. Gli tennero dietro i granduchi che non erano riusciti a salvarsi con la fuga, i granduchi sbevazzoni, ubbriaconi, bagascioni che consumavano le notti nelle sale appartate dei grandi restaurants per le orge più bestiali. Rompevano specchi, gualcivano cortigiane, spargevano sui tavoli e sul pavimento tanto champagne da mantenere un esercito di affamati. Nella sala dei granduchi del più grande ristorante di Pietrogrado vuotavano, nelle grandi nottate, le scarpine delle mantenute piene di punch. Essi hanno cessato di vivere. Lo scandalo di tanti sporcaccioni dal sangue imperiale è cessato. I figuranti intorno all'imperatore rasputiano, erano una cloaca di vomiti e di sudicerie.

L'avvenimento che tutta la dinastia fosse sepolta ha fatto nascere il sottovoce dei nemici della repubblica bolscevica che Lenine e Trotski non avessero che poche ore da vivere. Ma loro non si sono spaventati. Non hanno trattenuta la giustizia. L'hanno lasciata continuare. Sia fatta giustizia e perisca il mondo.

I delinquenti massimi dell'impero non erano ancora stati mietuti. Erano i responsabili della demenza dinastica. Mancavano l'exministro dell'interno Koastoff, l'exministro di giustizia Chiglovitoff, il turpe e crudele Biletzki, exdirettore della polizia, l'ultimo serpente boa della giustizia czaresca, Protopopof, l'uomo dai bagni di sangue e l'iniquo e balordo Malakof, ultimo consigliere del sovrano. Finalmente il Collegio della Commissione straordinaria li ha trovati colpevoli e li ha passati al plotone della fucilazione senza indugio. Essi hanno tenuto dietro al loro monarca. Dopo loro, la Kaplan, quella turpe femmina che con due palle aveva mercenariamente tentato di abbattere il dorsale della rivoluzione. Carlotta Corday ha sprofondato il pugnale nell'Amico del Popolo per un rigurgito di odio, la Kaplan, no. Ella ha tentato alla vita del rovesciatore del regime capitalista per una passione monetaria o per una libidine di cadaverizzare l'odiatore delle borghesie.

È stata una fucilazione parca. In nessun paese i malviventi passati per le armi sarebbero stati salvi. Anzi in nessun paese avrebbero vissuto tanto. Essi erano l'incarnazione della bassezza e della perfidia. Corrotti, depravati, venali, cinici, sanguinari. Nessun maestro di satira caricaturale riuscirà mai a riprodurre nelle figure la loro degenerazione e la loro voluttà acre di abbattere gli eserciti del lavoro.

Nella operazione di sbatterli fuori della vita collettiva non ci fu nessuna brutalità. Non una parola oltraggiosa nè un gesto sdegnoso. Morirono tutti senza paura. Senza apparato. I Girondini subirono l'inseguimento della folla. L'esecuzione degli uni e degli altri fu diversa in tutto. I fucilati morirono in una bella giornata di sole. I ghigliottinati sotto una pioggia torrenziale. I fucilati in un ambiente borghese e tranquillo. I girondini perdettero la testa su di una piazza piena di spettatori che applaudivano il carnefice e gridavano: à bas les traîtres!

Un meraviglioso cooperatore di Lenine e di Trotski è indubbiamente Zinovief, presidente del Soviet di Pietrogrado. Egli fu di una attività straordinaria. Sulla Pravda egli ha dato una notizia importante per gli studiosi: «La riluttanza proletaria ad occupare la proprietà della borghesia». Essi, gente di stamberga, si sentivano vergognosi di accasarsi nei grandiosi appartamenti dei ricchi dell'antico regime. Vi entravano e vi rimanevano alla soglia abbagliati, increduli a se stessi. Così i villani abituati alla schiavitù, resistevano. Avevano paura di impossessarsi dei fondi ubertosi degli antichi padroni. Zinovief ha dovuto incoraggiarli, spronarli, spingerli nel nuovo benessere. Avanti, per dio, è tutta roba vostra. Al lavoro, producete! Zinovief mutava nomi, trasformava gli ambienti, cancellava ogni giorno dalla capitale dei Romanov, nomi odiosi e classificazioni di edifici frequentati dalla geldra passata. L'Hôtel Astaria (albergo di gran lusso), centro delle spie del vecchio regime, è divenuto «la Prima Casa dei Soviets di Pietrogrado».

Zinovief è un entusiasta delle idee di Lenine e di Trotski. In una conferenza a Berna ha detto che Lenine «è il più grande rivoluzionario del mondo e il Montebianco dell'internazionalismo». Egli ha partecipato con i due regolatori della vita bolscevica alla rivoluzione soffocata nel sangue a Mosca nel 1905. È stato con loro in Austria, in Ungheria e in Polonia. Prima che scoppiasse la guerra egli studiava economia politica all'Università bernese. Ammogliato con una donna che ha i suoi stessi ideali. La stella di Lenine si alzava e con Lenine qualche altro. Nel maggio del 1917 lasciò la Svizzera nel famoso vagone piombato per ritornare in Russia. A Pietrogrado i tre uomini più importanti della rivoluzione proletaria si gettarono nel lavoro orale dei comizî. Le loro idee conquistarono le masse già preparate a una sollevazione. Lenine arrestato, continuava Zinovief; incarcerato Zinovief, continuava Trotski.

La fuga di Kerenski, fu il regno di Lenine. Caduto il Governo provvisorio, Zinovief si mise alla testa della Krasnaia Gazetta, dove scriveva articoli ardenti di fede e sobri di aggettivi borghesi. Non predicava il saccheggio e l'assassinio. Predicava la riconquista dei beni rubati al popolo e la punizione dei malviventi. Zinovief, nervoso, polemista, organizzatore senza rivali. A chi gli rimproverava gli eccitamenti rispondeva:

— È terribile quello che mi raccontate. Sarà vero, non sarà vero, ma noi non possiamo fare altrimenti. Il giorno della fucilazione dei grandi duchi e dei grandi consiglieri di Nicola, lo stesso giornale che riceveva le idee leniniste, portava in giro questa fraseologia mortuaria: È passato un anno e mezzo dalla rivoluzione di febbraio e questi mascalzoni e questi vampiri che si immergevano nel sangue dei lavoratori e dei contadini continuavano a infettare la nostra terra con il loro alito puzzolente. La borghesia della rivoluzione di febbraio li ha risparmiati. È toccato al proletariato che ha rovesciato il Governo di Kerenski a farli scomparire. Questa bontà d'animo è imperdonabile. Ci è costata cara. Gli è con grande ritardo e solo dopo lezioni crudeli che il potere dei Soviets ha fatto quello che avrebbe dovuto fare molto prima il Governo della Repubblica politica.

Zinovief era un fedele leninista. Eseguiva gli ordini alla lettera e arrestava e tratteneva in prigione gli ostaggi senza ascoltare le preghiere dei loro parenti. I giornali che salutavano Nicola con rispetto continuavano a sfigurarlo come una figura macabra. Citavano le sue stragi e i suoi imprigionamenti. Lui sorrideva. Non esagerava neanche quando lo facevano salire alla funzione del tagliateste.

Lenine iniziò la sua campagna in Pietrogrado chiamando il Governo provvisorio un «Governo capitalista». Mise in circolazione i suoi pensieri di risurrezione proletaria sulla Pravda e in una riunione di operai. Voleva la cessazione della guerra e la restituzione delle fortune che si erano appropriate i ricchi.

Il seguito leninista aumentava tutti i giorni. La tiratura della Pravda saliva ai cacumi delle tirature dei massimi giornali europei. In pochi giorni era giunta a 3.000.000 di copie. Con la Pravda si pubblicavano molti altri fogli leninisti. Pietrogrado era inondata di caricature del vecchio e del nuovo regime. Tolstoi era in ribasso, non lo si capiva più. La santa passività cristiana e il marasma letterario erano dolciumi non più adatti al palato rivoluzionario. Le penne gagliarde non diffondevano che gli stessi principi della distruzione e della edificazione simultanea: «Deponete le armi e rientrate nei vostri villaggi». «Dividetevi le terre dei proprietari». Agli operai si insegnava la stessa teoria: «Impadronitevi delle fabbriche, sfruttatele voi stessi». Ai commessi di magazzino: «Scacciate i padroni e prendete i loro magazzini». Tafferugli non ne sono mancati durante lo svolgimento proletario. Ma la forza del numero vinceva dappertutto. Qua e là scene comiche. Fra le proprietarie e le ragazze delle stirerie, ci furono accapigliamenti. Scaramucce di schiaffi. Lotta a scopate fra le vecchie e le nuove proprietarie. Non si rivoluziona un sistema senza qualche bastonata, senza qualche ceffone, senza colluttazioni personali. Non mancarono i sabotaggi. I cervelli vecchi si vendicavano. Kerenski in mezzo alla demolizione si è trovato sopraffatto. Non ha più potuto resistere. Il mondo del lavoro gli era contro. Ha dovuto andarsene. La proprietà passava dal padrone al Soviet locale.

Lenine, che ha avuto appeso un fratello durante il regno di Alessandro III, ha pubblicato, prima del grande rovesciamento borghese, molti libri sulle questioni economiche agrarie. I massimalisti o leninisti o maggioritarî hanno qualche rassomiglianza coi minoritarî francesi. I russi sono però più energici, più audaci, più consapevoli dei principî che edificano una società nuova. Vedendo Lenine, quantunque superi la statura media degli uomini, non lascia pensare al gigante della costruzione o della rinnovazione sociale. Lo si direbbe piuttosto un intellettuale della vecchia Russia.

Ascoltandolo si sente che si è alla presenza di un grand'uomo, insaccato di idee fascinose e piene di scintille per le masse del mondo. I suoi discorsi sono armoniosi e pieni di prosa lievitata. La verità è in lui. La Pravda che ne porta il titolo è cosparsa delle sue idee eroiche. L'uccisione dell'ambasciatore Mirbach gli ha fatto scrivere: «L'attentato contro Mirbach è evidentemente un fattaccio di monarchici provocatori che vogliono trascinare la Russia nella guerra nell'interesse del capitalismo anglo francese che ha già assoldato gli czechislovacchi». A leggere Lenine nei libri si ha un'altra impressione. Si sente il gigante che non spreca parole. La sua faccia rossa è inquadrata da una barba a fior di pelle. Baffi cadenti. Fronte alta e fuggente. Leggera calvizia. Sguardo inquieto che s'illumina di durezza intelligente. Testa di profeta mistico. I suoi periodi sono densi di idee e senza lirismi. I suoi 12 anni e l'Imperialismo meritano di essere letti. L'ultima brochure è intitolata I problemi del Potere dei Soviets.

Trotski è della stessa scuola; qualche volta supera il maestro. Egli è più energico, più vibrato, più iniziato nel trattamento di una amministrazione rivoluzionaria. La Repubblica dei Soviets è concezione di entrambi. Ma la spinta edificatoria è sua. Il suo motto di soluzione a BrestLitowsk era «nè pace nè guerra». Il che voleva dire il distacco dagli alleati.

Kornilof doveva essere mandato al palo. Non lo si è fatto. Gli si è permesso invece di essere intervistato, di ricevere in prigione un giornalista francese per mettere in circolazione le sue bugie. Così i soldati dell'esercito rosso hanno incominciato qua e là la giustizia sommaria. L'organizzatore delle fucilate contro gli indisciplinati, un capitano, non ha potuto continuare a lungo. Gli hanno fatto la pelle.

Kornilof, il generale che aveva tentato di rovesciare con una cromwellata il Governo di Kerenski, aveva giovato a sua insaputa ai bolscevichi. Il tentativo di sollevazione del 3 luglio non era riuscito. I soldati non si erano mossi. Non avevano voluto associare il loro fucile coi disarmati in giacca. Kerenski voleva agguantare Kornilof e mandarlo al muro. Per rifare l'esercito egli cercò l'aiuto delle organizzazioni operaie. Tutte assentirono. Gli operai passarono dall'officina alla caserma con entusiasmo. Armati, invece di procombere sui soldati di Kornilof, bloccarono il Governo di Kerenski. Fu l'ultima pagina di tutti i suoi comandi supremi. Fu la sua débâcle. L'esercito bolscevico era in piedi. La guardia rossa era nata. Costava. Riceveva il suo salario d'officina e una rimunerazione che saliva fino a 40 rubli al giorno. Con la minaccia di una invasione germanica, la guardia rossa è divenuta l'esercito rosso.

Il Decreto del 15 gennaio 1918 che istituiva questo esercito, diceva: «Il vecchio esercito ha servito alla borghesia per l'oppressione delle classi lavoratrici. Passato il potere alle classi dei lavoratori e degli sfruttati, è nata la necessità di creare un nuovo esercito che serva di baluardo al potere dei Soviets e di base alla sostituzione dell'esercito permanente con una milizia che sarà il sostegno della futura rivoluzione sociale in Europa».

Sono stati ammessi alla difesa della rivoluzione d'ottobre tutti i cittadini al disopra dei diciotto, con uno stipendio mensile di 50 rubli e con il mantenimento delle famiglie incapaci di lavorare fino al ritorno dei figli o dei mariti o dei padri. Nel febbraio si è annunciato che i tedeschi marciavano su Pietrogrado. I bolscevichi incorporarono senza aspettazione le guardie rosse nell'esercito rosso. Fu un attimo. Si vestirono, si munirono di armi e munizioni e partirono per la linea del fuoco. I tedeschi si arrestarono. Il pericolo fu evitato. L'esercito rosso contava allora 400 mila uomini. Adesso è in grado di sostenere qualunque attacco controrivoluzionario.

Per capire l'esecuzione del generale borghese è necessario dare un'occhiata all'esercito della repubblica federativa dei Soviets. Non è un esercito come gli altri. La sua organizzazione è dovuta, più a Trotski che a Lenine. Il primo ha preparato due milioni di uomini in un momento. Il secondo ha messo assieme i volontari. I due tipi militari non hanno nulla di comune coi soldati della monarchia. Il loro primo còmpito è stato quello di difendere lo Stato bolscevico. L'esercito è un elemento di difesa sociale come i globuli rossi sono un elemento di difesa vitale. È un esercito di classe, diviso in sei circoscrizioni. Il soldato rosso è il contrario di quello giallo della monarchia. Quello di Lenine si impegna a dare tutto se stesso all'autorità dei Soviets. Alla testa di una Compagnia è un istruttore eletto dai soldati, i quali hanno diritto di destituirlo ogni volta che non si riveli adatto. Il Comandante del reggimento è scelto dall'autorità militare, ma il diritto di licenziamento è dei soldati del reggimento. Ogni Caserma ha una Commissione per organizzare corsi di scuola, conferenze e sedute cinematografiche, ecc. Le famiglie dei soldati hanno diritto all'alloggio negli appartamenti signorili dei borghesi. Il soldato riceve 300 rubli al mese. Il rublo è un equivalente di quattro lire. Vive con una libbra di pane, con un pezzo di carne o con del pesce o della conserva in scatola. Riso e maccheroni in proporzione. Il giuramento è breve: «M'impegno davanti ai miei compagni d'armi, davanti al popolo rivoluzionario e davanti alla mia coscienza rivoluzionaria di lottare degnamente e onestamente, senza paura e senza esitazioni per la grande causa alla quale i migliori giovani della classe operaia e contadina hanno dato la vita per il trionfo del potere dei Soviets e del Socialismo».

L'esercito rosso è sempre in esperienza. La pratica sconsiglia oggi quello che è stato approvato ieri. Trotski, dopo sei mesi di potere, ha pronunciato a Mosca queste parole: «Noi dobbiamo costituire un esercito indipendente e copiare possibilmente la grande Rivoluzione francese. Il nostro esercito deve essere un esercito di classe, poichè la nostra rivoluzione è una rivoluzione di classe».

Sono inflitte multe da 3000 a 100.000 rubli ai borghesi che non si presentassero al reclutamento. Fino a tanto che la dittatura rivoluzionaria, ha detto Trotski, non avrà rotta la resistenza borghese, sarà impossibile incorporare nelle truppe rivoluzionarie la giovine generazione delle classi degli sfruttatori. Bisogna imporre alla borghesia gli obblighi militari del nuovo regime senza fornirle il mezzo di tradire. Le corvées ai borghesi, le armi al popolo.

Leo Trotski è il figlio dell'israelita colonista del governo di Kherson. Nacque nel 1877. Nel 1898 lo si trova in un'istruzione giudiziaria fatta contro il Sindacato operaio del sud della Russia. Nel 1° ottobre del 1899 lo si è mandato in Siberia per quattro anni. Vi si è sottratto con la fuga. Nel 1905, dopo l'esordio rivoluzionario, ha rimpiazzato un compagno come presidente di un Soviet di Pietrogrado. Un anno dopo egli perde i diritti civili e lo si trasloca per ordine amministrativo in un'altra provincia per scappare di nuovo sul continente. Tra Vienna e Parigi scoppia la guerra. Per la sua propaganda di pacifista, la Francia lo ha messo alla frontiera. Egli sbarca in America. È internato nel Canadà. Con un piroscafo della Star Line giunge a Southampton e poco dopo è in Londra — il grande caravanserraglio umano — dal quale fugge per trovarsi con Lenine e introdursi nella rivoluzione russa.

Lenine è lento e pesante. Trotski è svelto e aitante. Occhi fosforescenti. Naso dalle nari boscose su una bocca larga e sensuale, con una barbetta mefistofelica sotto una faccia rasatissima. Testa magnifica e capelluta. Attività varia. Intelligentissimo. Sa cambiare di rôle in un attimo. Lo abbiamo visto fra i lupi della diplomazia a negoziare la pace per la Russia rivoluzionaria. Fu uno dei più tenaci durante le violenze del carnefice tedesco, il quale voleva recidere la testa alla rivoluzione bolscevica. In quell'intervallo egli ha annunciato al popolo russo che sperava di vedere il gallo rosso cantare il trionfo della rivoluzione francese sulle rovine della Borsa di Parigi. Oratore d'ingegno. Lottare, diceva, serrare le fila, creare disciplina operaia e ordine socialista, aumentare la produttività del lavoro e non isgomentarsi davanti a nessun ostacolo: questa è la nostra parola d'ordine.

Dopo lui nel gabinetto Lenine va messo Anatolio Lunatcharsky, figlio di un consigliere di Stato di Mosca. Nel '98 fu tra gli accusati di propaganda rivoluzionaria. Due anni dopo è un sorvegliato dell'alta polizia. Arriva alla rivoluzione del 1905, tra un arresto e l'altro, tra un trasloco amministrativo e l'altro. Fugge. A Berlino conciona i profughi. Sosta a Parigi e passa il tempo fra lo studio e la conferenza di contenuto bolscevico. Scrive sul Proletaire.

Magro. Profilo emaciato del Cristo slavo. Sguardo velato e mistico. Artista. In mezzo alle statue e ai quadri la sua anima è come rapita. Non appena si sono bombardati i capilavori di Mosca ha sentito il bisogno di dare le dimissioni. «Mi è stato raccontato che la cattedrale di Basilio il Felice e la cattedrale dell'Assunzione siano state bombardate. Mi è pure stato raccontato che il Kremlino, ove sono ora i tesori artistici più importanti di Pietrogrado e di Mosca, sia stato anch'esso bombardato. La lotta accanita è giunta a un grado di odio bestiale. Non posso tollerare queste cose. La mia misura è colma. È impossibile di lavorare sotto l'impressione di pensieri che rendono pazzi. Ecco la ragione per cui io abbandono il Consiglio dei commissarii del Popolo».

Saputo più bene gli avvenimenti si è accorto che gli informatori avevano esagerato. Così mandò una lettera «agli operai, ai paesani, ai soldati, ai marinai e a tutti i cittadini della Russia per raccomandare loro di vegliare alle nostre ricchezze nazionali».

Tutti i membri del Consiglio del popolo sono passati per le carceri, per le polizie, per i gabinetti dei giudici. È una storia identica per ciascuno e per tutti. Con gli Czars non era che l'idiota che vivesse tranquillo.

Il Commissario del popolo alle finanze è Svortzov, professore. Ha fatto i primi passi ed è stato accusato di terrorismo per avere fabbricato materiale esplosivo. Arrestato, deportato nella Siberia orientale, ritornato per essere di nuovo nelle mani delle alte e basse polizie, condannato di nuovo a tre anni d'esilio, ritorna nella Gran Russia carico di rivoluzionarismo più di prima.

Così fu di Avilov, il Commissario del popolo alle poste e telegrafi. È il solo che non vanti studi universitari. In origine era tipografo. Poi propagandista rivoluzionario. Membro attivo delle società segrete di Mosca. Si è salvato all'estero. Seguì i corsi delle scuole degli agitatori e dei propagandisti del partito.

Dopo lui vengono Djougachvili, Commissario alle nazionalità; Rykov, Commissario all'interno, traduttore di lingue estere. Sverdlof, farmacista, presidente del Comitato Esecutivo Centrale del Soviets; Kamenev, israelita dell'Università di Mosca; Ouritziki, ex segretario privato di Plekhanof, gerente degli affari della Commissione delle elezioni della Costituente, poi presidente del Comitato della lotta contro la controrivoluzione, posto che gli ha suscitato ondate di odii, finiti con il suo assassinio; Petrov che sostituisce sovente Trotski. Tchitcherine e via via, nomi per noi poco masticabili, gente tutta che ha subìto gli stessi imprigionamenti, le stesse sospensioni di vita, le stesse condanne, le stesse perturbazioni.

Noghine, Commissario del popolo al commercio e all'industria, fu un altro perseguitato. Egli è andato e venuto dalla Siberia più volte. A leggere le sue fughe parrebbe un personaggio della letteratura giudiziaria. La polizia politica non gli ha lasciato requie che dopo la caduta dello Czar. Egli è un universitario.

Tutti costoro non sono rivoluzionari improvvisati dalla catastrofe del dispotismo. Il loro ideale è maturato da una riunione o da un congresso all'altro. Lenine, capo dei maggioritari o dei bolscevichi, in un suo manifesto del 1914, esigeva la cessazione della guerra immediata e l'organizzazione della rivoluzione sociale.

La guerra europea aveva, per lui, un carattere eminentemente borghese, cioè era una guerra imperialista o dinastica. Il programma delle Potenze alleate, per Lenine, era di saccheggiare i Paesi, di conquistare mercati economici, per istupidire e dividere il proletariato di tutte le nazioni, nell'interesse della borghesia.

La strage della famiglia imperiale.

Siamo vicini alla santificazione. È inutile. La storia si ripete, si riproduce. Luigi XVI che aveva assoldato Mirabeau, la più poderosa voce della Francia, che aveva ridotto il popolo alla razione della miseria per i gavazzamenti borbonici, che aveva tramutata la Corte in un bordello, e la regina in una ditta di libertinaggio spettacoloso, cadute le teste di monsieur e di madame nel paniere di Sanson, sbucarono i coristi dell'estimazione. I gaglioffi del calamaio trovarono subito dei panegiristi, degli illustratori, dei beatificatori che elevarono loro monumenti marmorei e scritti, perchè altri imbecilli continuassero nella storia dei secoli a raccontare l'ingiustizia della «plebe» francese. Così è della famiglia dei Romanov. Lo Czar che fu il più raffinato simulatore della vita imperiale, il più indifferente degli uomini davanti alle catastrofi nazionali, che aveva accumulato in sè tutti i mezzi di maciullare il genere umano, che aveva inflitto le sue perversioni a centottanta milioni d'uomini per un ciclo di 24 anni, che si era buttato sui cervelli aperti alla vita nuova, grandiosa e ascensionale per farne una poltiglia sanguinosa, ha già trovato un manipolo di pennivendoli che dà la stura al bottiglione della pietà, della compassione, della esaltazione. Nicola non è più il pederasta dei giorni giovanili, il turpe vaccone di Rasputin, il degenerato del trono che sguinzagliava i mercenari del Don per decimare le folle in processione a colpi di revolver e di scudiscio cosacco, che puniva banditescamente coloro che domandavano quello che c'è già da mezzo secolo nelle monarchie europee, che trucemente sopprimeva gli ebrei come immondizia, è già nelle mani di chi si serve dell'inchiostro della venerazione.

Il povero Nicola fu un infelice, un disgraziato, un santo. La colpa fu dei suoi consiglieri. Lui non sapeva niente. Poveraccio! L'assolutismo in cui teneva il regno era dei suoi cortigiani. La tracotanza mascalzonesca con cui trattava le deputazioni che si curvavano al «piccolo padre» per ottenere qualche pertugio o una buffata di libertà era dei suoi Protopopof.

Circondate pure di benevolenza l'infame omicidiario imperiale che ha compiuto tanti delitti sociali da non avere parole per crocifiggerlo! Voi rimarrete sempre gli stessi buffoni della stampa antisociale. Uno di essi si è domandato in un suo libercolo: L'assassinio del povero Nicola segnerà uno svolto nella storia della Russia? Forse, ha risposto lo scriba. Altro che forse. La Russia del cidevant Nicola è stata decomposta. Non esiste più. L'hanno trasformata. La morte di questo paltoniere imperiale, per i giornalisti russi, fuggiti sul continente, è stata inutile per la nazione. Non ci sarebbe stato che un imperatore in esilio. Egli era ormai l'impotenza. Voi approvate il verdetto che condanni qualunque rivoluzionario e trovate la pena toccata a Nicola ingiustificata! Canaglie! Basterebbero queste semplici parole per fucilarlo sette volte. Allo esordio del trono egli ha regalato alla nazione questo complimento

«Il potere assoluto che ho ricevuto dalle mani di mio padre lo rimetterò intatto ai miei eredi».

Qualunque morte abbia fatto la famiglia imperiale ci lascia indifferenti. Per gente che ha fatto tanto male non agli individui, ma alla nazione, non abbiamo compassione. Siamo di metallo. I dolori imperiali non ci fanno impallidire. Per corazzarci, non abbiamo che da voltarci indietro e camminare fra gli orrori dinastici. La vita dello Czar è stata una crociata contro la civiltà, contro le classi e le masse. Egli e i suoi hanno fatto piangere miliardi di famiglie per gli uomini e le donne di casa periti nei pozzi siberici e negli strazi senza nome in un ergastolo. Sì, sì, lo sappiamo. L'ex Romanov una volta imprigionato non è stato riottoso. Si è sottomesso alle ingiunzioni dei nuovi reggitori. Così egli ha scritto a uno dei suoi amici tre mesi dopo la detronizzazione: «Non mi dolgo, aggiungeva, della mia sorte». Doveva dolersene? Era stato chiuso nel fasto del suo palazzo di Zarkoie Selo, dove la sola privazione era quella di non vedere la oscena consorte. Per lui deve essere stata una sosta ai piaceri. Un po' di sobrietà lo avrà risanato. La frase «io non mi dolgo della mia sorte» ha intenerito tutta l'aristocrazia e tutta l'alta burocrazia al largo.

Noi leggevamo le scipitaggini con la bocca piena di sarcasmo. Nella fortezza Pietro e Paolo si lamentava pure che l'erede al trono, malato e stramalato, fosse rinchiuso con il padre, in un luogo dove era malcurato e malnutrito. Ma noi per consolarci di questa apparente crudeltà non avremmo che da ricordarci dei suoi penitenziari preventivi a tubo, dove i rivoluzionari soffrivano le pene dell'inferno. Gli rincresceva altresì di avere con lui la consorte, la più malcontenta, la più maldicente, la più concupiscente, la più rasputiana e la più svergognata del mondo. Nessuna fu più impudica e più feroce di lei che godeva dei massacri umani, come della carne dei suoi amanti! Per rimetterci i nervi a posto non abbiamo che da correre col pensiero alla Ragozinnikova, appesa dal carnefice per avere ammazzato il direttore delle carceri che affrontava i prigionieri politici e li sottometteva a bastonate, a scaracchi, a vergate, a pugni che scombussolavano il fusto umano. L'ex monarca era fuori di sè quando vedeva le sue figlie, le grandi duchesse, deboli, anemiche in un'atmosfera mefitica o pestilenziale. Ma l'ex Czar non doveva dolersene, lui, che non ha mai avuto pensieri per le figlie cadute nelle mani dei suoi sgherri! Egli le ha fatte crepare negli orrori a migliaia. Ne cito solo qualcuna. Galla Benedictova, fucilata per la sommossa di Kronstadt nel 1906. Nastia Mamaeva, fucilata allo stesso modo per la stessa insurrezione. Maria Spiridonova è ancora viva. È stata liberata dalla rivoluzione. Come la nonna della rivoluzione è stata liberata dalla Siberia decrepita e disfatta. Sono i néi delle colpe di Nicola. Per pacificare la nostra anima corriamo alle stragi in massa, ai progroms, e poi giustifichiamo le inezie del governo bolscevico. Ricordiamoci solo degli orrori cosacchi per i processionisti che andavano al Palazzo d'Inverno con le icone delle loro maestà! A migliaia sono stati baionettati e fucilati dal furore militare!

Tutto il suo regno, dal nord al sud, dall'est all'ovest è pieno di montagne di cadaveri. Egli fu un mostro.

Con lo Czar coloro che si radunavano o credevano di avere qualche diritto venivano considerati delinquenti e caricati dalla cavalleria spietata!

«È un grande favore — diceva il massimo prigioniero, in S. Pietro e Paolo, dei Romanov — quello di lasciarmi nel mezzo dei miei cari. Io ho tanto voglia di vivere della vita pacifica di un borghese inoffensivo»! Quanti avevano la stessa voglia in Siberia e nelle fortezze czariste, dove imperavano il randello, la tortura e il digiuno!

Chi abbia assistito alla fine della famiglia imperiale non è ancora saputo. Quello che sappiamo è di un testimone sospetto. Il principe Lvof. Ne ha confidati i particolari in Francia, e Pichon li ha portati alla Camera. «Signori — ha detto agli onorevoli — la Convenzione Nazionale ha fatto cadere la testa di un re. Voi udrete come i bolscevichi hanno fatto cadere tutti i membri della famiglia imperiale di Russia. Senza che alcun tribunale pronunciasse una sentenza su di loro, i bolscevichi li hanno riuniti tutti assieme in una sola stanza, dove li hanno fatti sedere l'uno accanto all'altro e baionettati per tutta la notte, per finirli all'indomani, l'uno dopo l'altro, a colpi di revolvers. L'imperatore, l'imperatrice, le grandi duchesse, lo czarevich, la dama d'onore e la lettrice dell'imperatrice e tutti quelli che avevano relazione con la famiglia imperiale sono stati finiti così, quantunque la stanza fosse un vero lago di sangue. Ecco cosa si è fatto sotto il regime bolscevico».

Per assicurare l'assemblea che la sua narrazione fosse sincera, il ministro antibolscevico ha detto che il principe Lvof era un nome universalmente onorato. Egli era stato imprigionato in Pietro e Paolo, torturato e minacciato di morte. La sua cella era vicina a quella in cui si trovavano i membri dell'antico regime.

Noi non sopprimiamo la storia, ma siamo sicuri che il principe non era in condizione nè di vedere nè di sapere quello che si faceva in un'altra cella, per quanto vicina. Non bisognerebbe mai essere stati in prigione per ingoiare le supposizioni del principe. Le celle sono fatte in un modo dove l'uno non può vedere l'altro. Avrebbe potuto udirne le grida se i carcerieri del sistema bolscevico fossero stati tanto idioti da far assistere alla tragedia un uomo che doveva rivedere le stelle. Buffone! Per la verità aggiungerò questo. Che gli «aguzzini, chiamati così, bolscevichi» quando i Romanov sono entrati nell'edificio spaventoso hanno domandato loro se avevano bisogno di qualche cosa, come se fossero entrati in un Hôtel.

— Un po' di vodka, rispose l'exmonarca. E gli fu portata in una bottiglia. Se la tracannò in un bicchiere di cristallo.

Nessuno dei suoi milioni di imprigionati ha mai avuto un simile trattamento.

Il ministro degli esteri francese deve essere di buona bocca. Beve tutto... Chi può dimostrare che viene dalla Russia, può fargli tranguiare che l'orso bianco è divenuto rosso. Continuando alla Camera gli orrori bolscevichi ha detto: «Tutte le libertà sono soppresse, tanto per gli operai, che per i contadini, che per i borghesi. La voce della nazione è assolutamente soffocata. Questo despotismo, più terribile del militarismo prussiano, è sostenuto da un pugno di energumeni, causa della fame spaventosa che conduce il paese a una rovina completa!»

E in Francia non c'erano le code alle botteghe come ci sono state in Italia, in Austria e in Germania?

Fortuna che Pichon non è uno storico come lo era Thiers!

Il lusso imperiale e la bontà bolscevica verso i granduchi.

La borghesia superstite delle due rivoluzioni non sa darsi pace che sia venuto anche per lei il giorno di rimboccarsi le maniche. Essa si crede punita dal bolscevismo che le ha affidato i lavori duri, come quelli dei servigi sanitari durante il colera e dei servigi d'igiene cittadina, come quello di spazzare le vie. Punita! Non fu che il cambio. Una volta erano le moltitudini condannate ai mestieri di grosso e di fatica. Adesso sono gli ex signori. Gli ex signori si disperano per nulla. Sono disperati pure per gli accasamenti. L'invasione della poveraglia negli appartamenti degli ex Nabab della vita, li ha costernati. Non si sarebbero mai immaginato uno spostamento radicale come quello imposto dai Commissari del popolo. Ma loro non avevano pietà per le folle dei tempi della dominazione del cidevant imperatore.

Non si lamentavano allora di Nicola che occupava tanti terreni e tanti palazzi sufficienti a ospitare senza affollamento più di centomila famiglie.

Lo stesso Palazzo d'Inverno, nel quale lo Czar, nel 1905, aveva messo il granduca Vladimiro Alessandrovic a dare ordini per il mitragliamento del popolo, occupa un'area di otto mila metri quadrati.

Pare la costruzione di un rigattiere arricchito. Vi si trova un po' di tutto. Rinascenza italiana, stile greco, colore cioccolatto, mobili tedeschi, gobelins francesi, tappeti turchi, vetrate veneziane. La vastità dell'edificio è immensa. Un'inchiesta vi ha fatto trovare cinque mila persone che non erano che amici e parenti dei servi ignorati dalla amministrazione. Nei locali spaziosi dell'ultimo piano si sono scovate tre vacche per il latte fresco al personale di servizio. Cose dell'altro mondo! Ci sono tanti locali che lo Czar non poteva girarli con una passeggiata di 24 ore. Espulsi i parassiti che mangiavano a ufo, il personale addetto a un uomo o a una famiglia saliva a un esercito composto di venti divisioni di mille uomini ciascuno. Per un potaufeu russo, servito al sovrano, necessitavano, fra ufficiali di bocca, capi di cucina, cucinieri, lacchè, ecc., ecc., 300 individui. Cosa da sbalordire! Le scuderie imperiali contenevano 700 cavalli, senza i favoriti dello Czar. Quattrocento cinquanta da sella e 250 da tiro. Questi ultimi erano trottatori della famosa razza Orlof. Per la caccia ai lupi, alle volpi e ai cinghiali si mantenevano mute e mute di cani di tutte le razze e frotte e frotte di venatori. Vi era pure un serraglio di lupi per liberarli al tiro di fucile nei giorni in cui non ne apparivano nei grandi e selvaggi dirupi intorno al castello di Gacina — sede del primo venatore e centro delle cacce del sovrano. I cani di Nicola erano alloggiati assai meglio dei paesani poveri.

Con uno Czar che faceva lavorare tutti per la sua grandezza e per le sue turpitudini e per i suoi orrori, la borghesia si lamenta della repubblica bolscevica, solo perchè la si è occupata in lavori utili senza sfruttare il lavoro degli altri! Nella repubblica di tutti non c'è differenza. C'è l'uguaglianza nella varietà dei servigi. L'individuo lavora per sè e per tutti i repubblicani sovietati. Gorki, ipercritico, si è lamentato a torto. «Noi abbiamo rimpiazzata l'autocrazia delle canaglie con l'autocrazia dei selvaggi». Grazie tante. Per la prima volta la storia ha potuto raggiungere il massimo sviluppo della concezione proletaria, e lui, Gorki, che è divenuto celebre attraverso la sua vita randagia che gli ha fatto produrre scene russe immortali, si lamenta, fa sentire in lui i rimasugli delle vecchie monarchie! Che autocrazia! Non è il fatterello che ci deve sgomentare! È il vostro libro sulle prigioni russe che ci esaspera!

Dissensi e disapprovazioni ce ne saranno sempre. La sola distribuzione del pane ha moltiplicato i malcontentoni. Più al proletariato e meno alla borghesia! È naturale! Lo stomaco borghese è sgretolato da tutte le vivande ghiotte. Il pane per lui è un accessorio e non una necessità della tavola. Per il proletario esso è il protagonista della sua mensa.

In Italia abbiamo avuto il documento della bontà bolscevica. Secondo le borghesie europee, Lenine e Trotski sarebbero stati i carnefici dei granduchi che avevano stomacato perfino i richards russi per le loro sottrazioni monetarie, per i loro furti, per le loro estorsioni alle casse pubbliche, per i loro invertimenti sessuali, per le loro scenate pornografiche, per la loro solidarietà nei delitti e nella inverecondia. Ed ecco che cosa avviene. I granduchi risuscitano. Nicola e Pietro Borissof, arrivati a Genova, non sono che due granduchi risparmiati dalla bontà bolscevica. Sono due asini, tranne che per il Corriere della Sera. Del granduca Pietro non ci interessiamo. Le sue opere di scultore e pittore sono del dilettante. Il granduca Nicola Nicolaievic ha la mania di tutti i Romanov. Di essere un bell'uomo. Sì, è vero, ha un magnifico personale, ma come portiere di grande albergo. È un personale di lusso. Null'altro. Come generalissimo delle armate russe e condottiero di sei milioni di uomini, bisogna smascellare dalle risa. Egli non ha mai dato prova che di essere un «brillante ufficiale» di sella. Fu un Moltke di parata. In Manciuria ha sostituito quel ladrone vigliacco di Kouropatkine — la più grande nullità ciarlatanesca e catastrofica che abbia occupato il posto di ministro della guerra. L'elogio dei vili l'aveva fatto credere un grande stratega. Il suo famoso piano contro i giapponesi era di ritirarsi in buon ordine. La ritirata è avvenuta, ma con un indiavolato disordine.

Il granduca Nicola nella guerra non era che uomo di parata e senza influenza. Nel giorno della grande catastrofe non lo si è veduto. Chi troneggiava al grande quartiere generale (La Stavka) era il generalissimo Alexeief. Lo Czar, al momento dell'abdicazione, non si è ricordato di lui. Egli ha rinunciato al trono in favore del granduca Michele Alessandrovitc. Si è fucilato il generale Rouszki come traditore o come ammazzatore di soldati, presente all'episodio dell'abdicazione. Si è fucilato il generale Soukomlinof, il cui tradimento è stato causa della disfatta russa imperiale. Ma venti sentinelle russe non hanno voluto che si fucilasse nè Pietro nè Paolo, nè la regina madre, perchè o senza importanza o nemici dello Czar prima e dopo la detronizzazione. Nicola era un elegante e brillante cavalleggiero, con il petto cosparso di sei medaglie e sei grandi croci, guadagnate non si è mai saputo su quale campo di battaglia, e non altro. Egli fu un'alta personalità per la parentela. Null'altro. Un esibizionista di bellezza fisica. Null'altro.

L'inferno bolscevico.

Se il bolscevismo non fosse inseguito dallo sterquilinio verbale della piccola e della grossa borghesia, lo direi un idolo di gesso o un cadavere sociale in attesa dei becchini. Non c'è bocca sguaiata, che non gli abbia vomitato sopra la purulenza dello stomaco borghese. Tutti gli spostati dell'antico regime sbraitavano, urlavano come se fossero stati svaligiati del sangue infetto delle loro vene. Ma il bolscevismo non si è soffermato alle strida della ciurmaglia disoccupata che credeva ogni giorno di riconquistare le masse dei contadini poveri e degli operai ormai leninizzati fino al bulbo capillare. Le onde procellose del nuovo regime hanno invaso tutti gli ambienti. I caotici disordini erano cessati. Il corso della borghesia (il Prospetto Newsk) non aveva più la stessa fisonomia. Prima era affollato di signore, di signori, di ufficiali, di giornalisti, di borsisti, di fannulloni eleganti, ecc. Adesso il luogo è più rispettabile. Non ci sono più mezzani dalle mani inguantate che collaboravano a sostenere l'impero. La stampa dei liberali è andata al macero. I liberali non hanno più posto negli impieghi dello Stato. La rivoluzione ha distrutto la coalizione dei Kerenski e dei Zeretelli, politicastri che non rappresentavano più davanti al popolo vincente che la sfiducia del Paese. I loro giornali non diffondevano il leninismo che come una campagna progromistica e controrivoluzionaria. Ma è venuto il conflitto. Nel Palazzo Tauride — sede della Duma — si è iniziata la controrivoluzione con la «marsigliese». Subito dopo entrò nello stesso Palazzo il reggimento Volinia — quello stesso che aveva marciato in ottobre sotto le bandiere democratiche. La tribuna è stata invasa dagli oratori circospetti o dalla parola che nascondeva il pensiero. La sommossa, secondo loro, era stata domata e i bolscevichi dichiarati controrivoluzionari. Là là! Era in ogni oratore l'odio dell'impotenza. Ci fu un momento di risurrezione borghese. Allievi ufficiali, ufficiali, truppe d'assalto, cavalieri dell'ordine di S. Giorgio rappresentavano l'ora involutoria. Malmenavano le folle, e si tentava di disorganizzarle. Arresti a casaccio. Trotski aveva preceduto gli altri. Egli era ospite delle prigioni di Kreski, dove i prigionieri erano divisi in delinquenti comuni e delinquenti bolscevichi. Ai delinquenti politici era permesso la lettura dei giornali e l'occorrente per scrivere. L'accusa generale per loro era «la rivolta armata». Lo scompiglio nei quartieri del lavoro fu breve. Il proletariato rivoluzionario, riprese subito la sua marcia trionfale. L'onda bolscevica si diffuse dai centri cittadini a tutta la Russia. Spinta da teste forti e abituate alle concezioni bolsceviche la marcia continuava. I controrivoluzionarî delle piccole teste borghesi rinculavano ogni giorno. Per loro si suonava a morte. La Guardia Rossa era in circolazione. Ne lasciamo la continuazione a Leo Trotski, magnifico riassuntore del leninismo al potere.

«Per noi — scriveva Trotski, in un suo opuscolo che riassume a grandi tratti gli avvenimenti più importanti che condussero al potere il bolscevismo — per noi, l'ostacolo principale fu la mancanza di uomini che fossero in grado di guidare le azioni militari. Persino gli ufficiali che avevano coscienziosamente accompagnato i loro soldati alle posizioni, rifiutavano il posto di comandante supremo dell'esercito.

«Dopo avere lungamente cercato, ci risolvemmo per la seguente combinazione. La conferenza della guarnigione nominò una Commissione di 5 persone e ad essa fu affidato il controllo supremo su tutte le operazioni contro le truppe controrivoluzionarie che marciavano da Pietrogrado. Questa Commissione si mise poi d'accordo col colonnello di Stato Maggiore Muravjoff, che, all'epoca del Governo Kerenski, stava all'opposizione e che ora, di propria iniziativa, aveva offerto i suoi servigi al Governo dei Soviets.

«Nella fredda notte del 30 ottobre andammo in automobile con Muravjoff alle posizioni. Lungo la strada maestra incontrammo carri che portavano viveri, foraggi, materiale da guerra per la frontiera e l'artiglieria. Più di una volta i soldati della Guardia Rossa fermarono la nostra automobile ed esaminarono il nostro lasciapassare. Fin dai primi giorni della rivoluzione d'ottobre erano state requisite tutte le automobili della città. Senza speciale permesso dello Smolni, nessun automobile poteva passare per le strade della città o dei dintorni. La sorveglianza della Guardia Rossa era superiore a ogni elogio. I suoi militi stavano raccolti intorno ai piccoli falò, ore ed ore, col fucile in mano. E lo spettacolo di quegli operai armati, raccolti intorno ai falò sulla neve, era il miglior simbolo della rivoluzione proletaria.

«Nelle posizioni furono collocati molti cannoni.

«Non mancavano nemmeno proiettili. L'urto decisivo avvenne nello stesso giorno fra KrasnoieSelo e ZarkoieSelo. Dopo accanita lotta di artiglieria i cosacchi che andarono avanti finchè non trovarono ostacoli, retrocedettero a corsa. In tutto quel tempo erano stati ingannati con racconti menzogneri intorno alle brutalità e alle crudeltà dei bolscevichi che volevano consegnare la Russia all'imperatore di Germania! Si era loro dato ad intendere che quasi tutta la guarnigione di Pietrogrado aspettasse con impazienza i cosacchi come liberatori. La prima seria resistenza portò lo scompiglio nelle loro file e condannò al fallimento l'impresa di Kerenski.

«La ritirata dei cosacchi di Krasnof ci diede la possibilità d'impadronirci della stazione radiotelegrafica di ZarkoieSelo. Immediatamente, demmo un radiotelegramma intorno alla nostra vittoria sulle truppe di Kerenski.

«I nostri amici dell'estero ci dissero che la stazione radiotelegrafica tedesca non aveva accolto, per ordine superiore, quel nostro radiotelegramma.

«La prima reazione del Governo germanico, agli eventi di ottobre, si manifestò con la paura che questi eventi potessero provocare fermento anche in Germania. Nell'AustriaUngheria fu accolta una parte del nostro radiotelegramma, e, a quanto sappiamo, esso servì per tutta l'Europa come fonte di informazione che lo sventurato tentativo di Kerenski, di impadronirsi nuovamente del potere, aveva avuto una misera fine. Fra i cosacchi di Krasnof principiò il fermento. Essi cominciarono a mandare pattuglie a Pietrogrado e persino delegazioni alla Smolni. Ivi essi avevano la possibilità di convincersi che nella capitale regnava ordine perfetto, e che questo ordine veniva mantenuto dalla guarnigione, da quella guarnigione, che, fino all'ultimo uomo, era tutta quanta per il Governo dei Soviets. La demoralizzazione fra i cosacchi prese forme tanto più acute, in quanto che apparve allora chiara ai loro occhi tutta l'insensatezza del loro proposito di prendere Pietrogrado con l'aiuto di poco più di 1000 uomini di cavalleria.... I rinforzi dal fronte, a loro promessi, non si fecero vedere.

«Le truppe di Krasnof si ritirarono a Gacina. Quando, all'indomani, ci recammo in quel luogo, lo Stato Maggiore di Krasnof era già stato fatto prigioniero dai suoi cosacchi. La nostra guarnigione di Gacina occupò tutte le posizioni importanti. I cosacchi, al contrario, sebbene non fossero stati disarmati, si trovavano in uno stato tale, da non essere in grado di opporre più altra resistenza. Una cosa sola desideravano: che li lasciassero ritornare, al più presto possibile, alle loro case, al Don, o almeno al fronte.

«Il palazzo di Gacina offriva uno spettacolo curioso. A tutti gli ingressi stavano corpi di guardia rinforzati. Alla porta principale artiglieria e automobili blindate. Nelle sale del palazzo, adorne di preziosi dipinti, erano marinai, soldati e militi della Guardia Rossa. Sulle tavole, fatte di materiale prezioso, stavano vestiti di soldati, pipe, scatole di sardine vuote. In una delle sale vi era lo Stato Maggiore del generale Krasnof. Per terra erano sparsi, qua e là, mantelli, berretti, materassi. Il rappresentante del Comitato Militare Rivoluzionario, che ci accompagnava, entrò nella stanza dello Stato Maggiore, si appoggiò al fucile, il cui calcio, sbattuto fragorosamente a terra fece sentire il polso dell'uomo. «Generale Krasnof, disse con voce vibrata, ella e il suo Stato Maggiore sono arrestati dal Governo dei Soviets». A ognuna delle due porte erano state poste immediatamente sentinelle armate della Guardia Rossa. Kerenski non c'era. Egli era di nuovo fuggito, come già l'altra volta dal Palazzo d'Inverno. Intorno al modo di questa fuga riferisce lo stesso Krasnof nella dichiarazione scritta, da lui fatti il 1° novembre. Noi citiamo questo interessante documento senza omettere nulla»:

1° novembre 1917, ore 7 di sera.

Verso le 3 del pomeriggio fui fatto chiamare dal comandante supremo dell'esercito, Kerenski. Egli era molto agitato e nervoso.

— Generale, disse Kerenski, lei mi ha tradito.... I suoi cosacchi dicono con sicurezza che mi arresteranno e mi consegneranno ai marinai.

— Già, risposi io, se ne parla, e io so che lei non incontrerà simpatia presso nessuno.

— Gli ufficiali parlano anch'essi in questa maniera?

— Specialmente gli ufficiali sono malcontenti di lei.

— Che cosa debbo fare? Devo dunque por fine alla mia esistenza?

— Se ella è uomo d'onore, andrà subito con bandiera bianca a Pietrogrado e si annuncerà al Comitato Rivoluzionario, col quale, nella sua qualità di capo del Governo, deve parlare.

— Va bene, sarà fatto, generale.

— Le darò una scorta e pregherò che l'accompagni un marinaio.

— No, non voglio marinai. C'è qui Dybenko?

— Non so chi sia.

— Il mio nemico.

— Bene, che farci? Ella giuoca una grande carta e deve avere anche del fegato.

— Sì, ma io voglio partire di notte.

— Perchè? Sarebbe una fuga. Vada via in pieno giorno, e farà vedere che lei non scappa.

— Va bene, mi dia una scorta sicura.

— Benissimo.

Me ne andai, feci venire il cosacco Russkoff, del decimo reggimento cosacchi del Don, e gli ordinai di scegliere otto cosacchi per la scorta del capo supremo dell'esercito.

Un'ora e mezzo dopo vennero i cosacchi e annunciarono che Kerenski non c'era. Egli era fuggito. Feci dare l'allarme e ordinai di cercarlo. Credo che non abbia abbandonato Gacina e che si tenga nascosto in qualche luogo.

Il Comandante del III Corpo

Maggiore Generale KRASNOF.

I borghesi e la classe al disopra della borghesia hanno gli occhi di ingrandimento. Non vedono che i loro strazi, che liste di proscrizioni, che ostaggi, che invasioni nei loro palazzi, che divisioni dei loro possedimenti, che vittime del bolscevismo. Un ufficiale che venda i giornali per la strada, è per loro un documento di crudeltà rivoluzionaria. Il giorno in cui le banche sono state bolscevichizzate, cioè sottratte all'antico regime per passarle sotto la direzione dei Commissari incaricati dal Soviet, non ci furono più che sostantivi di deplorazione disperata. Tutti gli epiteti cloacali sono stati per Lenine e Trotskii. Se li avessero potuti lardellare a colpi di baionetta non avrebbero esitato. C'era in giro il furore borghese. In un altro momento li avrebbero strangolati.

La Banca di Stato è stata trascinata nell'orbita della nazionalizzazione come tutte le banche russe. Le banche estere, come il Credito Lionnais e la National City Bank di New York, hanno potuto conservare la fisionomia antica, limitata alla liquidazione.

Fra i rivoltosi si sono trovati frotte di impiegati bancari che hanno incrociato le braccia, credendo di arrestare il progresso della solidificazione della Repubblica federativa. Il bolscevismo invece di fucilarli in massa li ha fatti ritornare al telonio.

Duole a tutti che un rivoluzionario come Pietro Kropotkine sia stato incarcerato dal bolscevismo. A 76 anni si dovrebbe essere incolumi. Ma Kropotkine è un altro uomo. È un combattente della penna. È un uomo che ha insegnato anarchia tutta la vita. Che ha incominciato con la parola di rivoltoso e che ha continuato con una serie di opuscoli e di libri pieni di idee per la turbolenza sociale. Per il proletariato russo il vittimizzato dallo Czar non era più che uno sconosciuto come Plekhanof. Kropotkine scriveva in inglese e in francese da 40 anni. Non erano che gli amici intimi che vedevano qualche sua lettera. Era anche lui un assente. Il profugo russo se torna in patria si trova più isolato che nei paesi del suo esilio. La fama del giovine Borodin che andava per i campi e nelle officine a propagandare, si era dissipata come una nube. Paggio, ciambellano, principe, geografo, storico, collaboratore di Reclus, e delle più importanti riviste inglesi e americane si era fatta un'altra fama. Chiamato in rivoluzione borghese da Kerenski non ha potuto o saputo piegarsi alla rivoluzione proletaria. Egli si è trovato disambientato, incapace con la sua rigidezza di piegare alle idee che hanno trionfato. I Soviets sono stati obbligati a disarmarlo perchè la sua penna non fornicasse cogli alleati del patto di Londra. I bolscevichi non si aspettavano il grande rivoluzionario con la prosa degli antagonisti o dei versagliesi russi.

Due rivoluzioni, l'una patriottica e l'altra proletaria, non passano senza fare storia.

Tanto la rivoluzione di Kerenski, quanto quella di Lenin non hanno trionfato senza spargimento di sangue, senza arresti, senza esecuzioni marziali, senza scambi di pugnalate e revolverate. Tre mesi dopo dalla prima rivoluzione non ci furono nè disordini nè misfatti, nè delitti. Lo ha detto Vandervelde, ministro belga. Ma lui ha esagerato, come esagerano i quotidiani della menzogna. Quello che c'è stato c'è stato. Nei momenti iniziali si può trovare un cadavere allungato sul marciapiede come si può vedere un edificio in fiamme. Sono episodi di tutti i giorni e di tutte le rivoluzioni. I castelli baronali inglesi venivano incendiati. Da chi? Dalla rivoluzione che divorava il feudalismo. Non meravigliamoci. Un fatterello dà il la a tutta una classe. Si ordina la fermata dei trams. In rivoluzione il cervello è incandescente. La resistenza ne fa scaraventare uno nella Neva.

In una officina si sono trovati tre cadaveri di operai che non avevano voluto incrociare le braccia in fretta. Momenti di linciaggio. La solidarietà è indispensabile. In altre fabbriche altre scene, come nella fabbrica dei tabacchi. Qua un gravoche che invola, là un uomo che si fa servire lasciando il conto da pagare alla rivoluzione. È naturale. Non si capovolgono i costumi senza incidenti. Se la storia rivoluzionaria mancasse di episodi sanguinosi sarebbe una farsa. Un edificio odioso come la Bastiglia lo si incendia. È fiammata di tutte le rivoluzioni. Non si sta in forse. O demolirlo o dargli fuoco.

A Parigi, i poliziotti del vecchio regime, venivano padre» che ha espiato, non meritavano che la strangolazione sommaria . Gente crudele. L'enorme prigione di BrestLitowsky bruciava. Giusto. Aveva la vastità di un'isola. Libertà ai prigionieri e fuoco all'edificio.

Gli ostaggi hanno elevata la paura fino alla disperazione. I borghesi grossi e piccoli che applaudivano agli arresti e alle uccisioni proletarie, davano fuori come pazzi non appena appariva una lista di qualche centinaio di sospetti messi al sicuro. Balfour, in Irlanda, aveva calcate le carceri di sospetti e la borghesia lo congratulava. Non c'è rivoluzione che non abbia nelle proprie pieghe ostaggi. Ne ha avuti quella dei chartisti; ne hanno avuti quelle del '48; ne ha avuto quella dei Danton c dei Desmoulins; ne ha avuto quella comunarda; doveva averne quella di Pietrogrado che ha superato le sue consorelle.

Ci sono figure odiose. Luoghi che terrorizzano come Pietro e Paolo. Come le sedi della polizia dell'antico regime. Come Zarkoie Selo — centro di tutte le viltà russe. Perchè non è stato divorato dalle fiamme come un edificio orribile — come un bordello imperiale? Per la solita conservazione. In tempo di pace si andrà a vederlo come un santuario:

«Questa fu l'ultima abitazione della famiglia di Nicola!»

Noi siamo per la scomparsa dei monumenti che irritano il pensiero. Vogliamo la vita epurata. Non più fottisterî imperiali, non più bastiglie, non più Siberia penale. La storia registri, ma la vista non sia turbata dai tristi ricordi. I sofferenti, quelli che hanno patito, s'indignano delle conservazioni. Nei giorni della liberazione più che mai. Le vittime se ne ricordano più degli altri. Ed ecco l'arsenale preso d'assalto ed il suo direttore, generale Malaupoff, stramazzato al suolo. Il palazzo di giustizia non può sussistere alla rivoluzione. È dove la gente è stata suppliziata dalle sentenze. È dove il giudice è stato un manigoldo. Abbasso! Mano alle picche!

A sentire la gente il bolscevismo è sinonimo di tutte le ladrerie e di tutte le trufferie. Non c'è più proprietà. Tutto è espropriato. Tutto è tolto ai padroni e tutto è dato ai nullatenenti. I pitocchi sono divenuti i nuovi ricchi. I contadini poveri i nuovi latifondisti. Bugie! La proprietà non è che regolata un po' più di prima. È proprietà dei Soviets. È messa a disposizione dei bisognosi. È vuotata del suo contenuto capitalistico. Il principio della legalità è rispettato.

Quando il Governo ha trasportato la sua sede da Pietrogrado a Mosca, vi è giunto con una moltitudine d'impiegati. Lenine non ha disturbato i cittadini. Ha requisito solo gli alberghi e non invase che gli edifici inabitati. Così è il decreto del 28 ottobre 1917. «Le municipalità autonome, hanno il diritto di sequestrare tutti i locali inoccupati e disabitati. Le municipalità autonome hanno diritto di installare negli alloggi disponibili i cittadini che non sanno dove accasarsi o che vivono negli alloggi affollati e malsani». Non si può essere più galantuomini. Senza questo miglioramento sarebbe inutile passare dalla borghesia al bolscevismo.

Il ritiro dei conti correnti dalle banche nazionalizzate è stato limitato a 150 rubli la settimana. Non fu un furto, fu una limitazione. I depositi nelle cassette di sicurezza alle banche li ha fatti passare dalle banche di speculazione alla Banca di Stato con l'obbligo ai proprietari di presentarsi all'invito con le chiavi per le revisioni. L'argento e i titoli sono divenuti dei conti correnti e l'oro monetato è passato alla confisca. Coloro che si sono rifiutati di presentarsi alla revisione, dopo tre giorni dalla convocazione, sono stati considerati malintenzionati e la loro proprietà è passata alla Banca di Stato come proprietà del popolo.

Le operazioni di banca furono dichiarate monopolio di Stato e le Banche private delle Società per azioni fuse con la Banca di Stato, la quale, con il Consiglio, ne ha la direzione.

Le vecchie società borghesi, monarchiche e repubblicane, continuano a mantenere la più rancida istituzione dei popoli che stanno consumandosi fino alla corda senza svecchiarsi. Il bolscevismo non ha esitato, dopo tre mesi di regno, ad abolire l'eredità a beneficio della nazione.

L'eredità è divenuta nazionale. Era indecente che gli eredi vivessero alle spalle di chi aveva lavorato, sgobbato, risparmiato, fatto l'aguzzino, magari, per mettere da parte.

L'immoralità scandalosa è finita, Chi ha, non ha più per erede che la Repubblica dei Soviets. E per evitare che il Governo sovietista sia truffato con la consegna dei tesori a mano, sono proibiti i doni, tra i vivi del testatore, di un valore superiore a 10.000 rubli.

La proprietà fondiaria ha pure perduto la sua fisonomia autocratica con questo semplice articolo: «I diritti sulla grande proprietà fondiaria sono annullati e senza riscatto. Tutto è passato alla fusione. Le terre degli appannaggi, dei monasteri, delle chiese con tutto il bestiame e il materiale agricolo sono amministrati dai Comitati agrarii cantonali del Soviet del distretto fino all'assemblea costituente».

L'individuo, in bolscevismo, non è un valore sociale che quando è coi suoi simili. Il berretto frigio, individualizzava. Il bolscevismo collettivizza. Gli avvocati separati non sono più niente. L'antico Foro è morto. Non esistono che i Collegi defensionali raccomandati dai Soviets. Così è della stampa. Ne abbiamo già parlato. La libertà di stampa esiste. Ma essa deve movimentarsi nei quadri socialisti e non in quelli della società capitalista o borghese. Ecco l'ideale di Lenine. E Trotski ha detto:

«Saranno sospesi gli organi della stampa:

che faranno appello alla resistenza aperta al Governo degli operai e dei paesani;

che semineranno torbidi snaturando calunniosamente i fatti;

che inviteranno ad azioni criminose, vale a dire ad azioni passibili dei tribunali criminali.

La sospensione provvisoria o definitiva non può essere esecutiva che nell'ordine del Consiglio dei Commissari del popolo.

Queste misure non hanno che un carattere provvisorio e saranno abolite da un ukase speciale quando la vita sarà rientrata nelle condizioni normali».

Come nei tempi della grande rivoluzione del berretto frigio sono stati aboliti i titoli nobiliari. Non si poteva abolire la proprietà e l'eredità per poi lasciar vivere i titolati dagli Czar o dalla repubblica politica di Kerenski. Tutti alla fogna!

Vedete gli uomini di due rivoluzioni in uno stesso episodio. Luigi XVI ha pianto quando la guardia civica della prigione del Temple lo ha avvertito che doveva buttare nel vaso da notte la chincaglieria del suo petto. Alcuni aristocratici del suo tempo hanno sepolto le decorazioni, nella speranza di disseppellirle in un periodo di ristorazione.

Il bolscevismo non è stato così reciso con il matrimonio. Il Governo non riconosce che il matrimonio civile. Del matrimonio religioso non se ne è occupato. «È affare vostro», ha detto loro. La legge laica non permette matrimoni che al maschio che ha 18 anni e alla femmina che ne ha sedici. Ci sono stati in provincia dei Soviets che volevano l'abolizione dell'uno e dell'altro, per lasciare che venisse in scena l'amor libero e cioè l'appaiamento spontaneo. Il pregiudizio o la tradizione è stata più forte che l'abitudine di coattizzare la coppia in una casa a vita: sorgente di omicidii e di adulterii infiniti.

E adesso ho finito. Lenine è in questo momento in una lotta accanita tra il bolscevismo e la massa sciovinista, slavofila, monarchica e czarista. Non c'è bisogno di profezie. La vittoria del proletariato è ormai completa. Non bisogna però credere che Lenine sia cresciuto in una notte come il fungo dopo la pioggia. La sua organizzazione bolscevica fu di tutti i Congressi passati. È lui che ha avuta la concezione di bolscevizzare tutte le nazioni simultaneamente e che ha proposto di diffonderne il progetto fra le nazioni. Alla conferenza del 1916 propose con la Rosa Luxemburg un ordine del giorno che doveva far cessare la conflagrazione europea con l'incrociamento delle braccia dei lavoratori di tutto il mondo. Sono loro, i bolscevichi, che sono stati chiamati da tutti i governi disfattisti clandestini che noi socialisti chiamavamo zimmerwaldiani, i quali, come sapete, esigevano la pace rapida senza annessioni e contribuzioni. Il disfattismo non è delinquenza. È il disfacimento delle leggi dannose al popolo.

FINE.

MEMORIE PER SERVIRE ALLA VITA DI DANTE ALIGHIERI ED ALLA STORIA DELLA SUA FAMIGLIA

Giuseppe Bencivenni Pelli